有爱的青春陪伴者

还是对他心动了

本喵
不吃鱼

著

花山文艺出版社

河北·石家庄

图书在版编目（CIP）数据

还是对他心动了/本喵不吃鱼著. —石家庄:花
山文艺出版社,2021.9
ISBN 978-7-5511-5799-5

Ⅰ.①还…Ⅱ.①本…Ⅲ.①长篇小说－中国－当代
Ⅳ.①I247.5

中国版本图书馆CIP数据核字(2021)第097841号

书　　名:	**还是对他心动了**	
	Haishi Dui Ta Xindong Le	
著　　者:	本喵不吃鱼	
策划统筹:	张采鑫	
特约编辑:	蔡杭蓓	
责任编辑:	董　舸	
责任校对:	郝卫国	
美术编辑:	胡彤亮	
封面设计:	刘　艳	
内文设计:	孙欣瑞	
封面绘制:	画画的陶然　cian酱	
出版发行:	花山文艺出版社（邮政编码：050061）	
	（河北省石家庄市友谊北大街330号）	
销售热线:	0311-88643221	
传　　真:	0311-88643225	
印　　刷:	长沙鸿发印务实业有限公司	
经　　销:	新华书店	
开　　本:	880mm×1230mm　1/32	
印　　张:	9.125	
字　　数:	170千字	
版　　次:	2021年9月第1版	
	2021年9月第1次印刷	
书　　号:	ISBN 978-7-5511-5799-5	
定　　价:	42.80元	

目
录

目录

Chapter 1
小秦总挺好的，除了懒了"亿"点点。

南城的四月，气温开始回升。

徐徐清风从马路对面的公园里悠悠晃晃，穿过半开的玻璃窗，一路吹进四海广告公司。但，这股夹杂着鸟语花香的朝气蓬勃，仍旧吹不醒整个公司上行下效的死气沉沉。

大厅里安静如常，放眼望去只能看见一个个埋头于电脑屏幕前的脑袋顶。

总经理办公室内。

"不玩了！垃圾游戏！还不能氪金！"

手机屏上显示的"当前得分 8650"让秦思维气呼呼地退出益智游戏"2046 数字方块"。因长时间盯着手机屏幕，他的眼睛酸到睁不开。不愿意承认自己是游戏菜鸡的秦思维索性瘫在椅子上，熟练地做一条放空大脑的咸鱼。

窗外风和日丽，拉开了百叶窗帘的落地玻璃阻隔了晨光里的料峭，只余下一片金晖洒在棕黑色的羊毛地毯上，给这个清冷的房间平添上一抹温度。

他懒散地打了个哈欠："困了。"

别管现在是不是早上九点半，只要有睡意，连窗外聒噪的汽车鸣笛声都能是他的催眠曲。

但他还是艰难地保持清醒，回到电脑前。

身为老板的职业操守鞭策秦思维，他今天是有一堆待办事项要完成的人。

这种废寝忘食的敬业精神是不是催人泪下感天动地！

陷入自我感动的秦思维决定以身作则，先将本职工作放一边，去视察一下手下员工们的上工热情。

秦思维调出外面公司大厅的监控画面。

想象中每个人干劲十足地敲键盘，为公司业绩抛头颅洒热血的画面是不存在的。大厅里装的摄像头焦距够长，清晰度够高，收音效果够好，他能看到大多数人的桌面已经很久都没变过一下，甚至有一波人还在互相询问办公室里到底为什么这么香。

听到这点动静的秦思维下意识地看向某个工位。

是的，引发这波疑问的罪魁祸首林美芽又在办公室里吃早餐！这回还是吃的牛肉粉！

秦思维的脸黑了。

这已经是本周第二次。

而前天林美芽躲在电脑后面吃大肉包子时，秦思维就去跟人事总监花花姐强调过，办公时间不准在公司内吃早餐，至少不能吃带有强烈味道的。管你是香味还是臭味，只要影响到其他人，都不行。

正如在学校里，老师们总强调，上课时间有些同学可以睡觉可以不学习，但严禁说话影响别人。

但明显的是，过了一天，人家没有把这条规定放在心上。

秦思维毫不留情地在公司群里点名批评："林美芽又在上班时间吃早餐，下次再被发现就扣这个月奖金。"

外面的林美芽对此毫不知情，还在沉迷嗦粉无法自拔。

牛肉粉也太好吃了吧！

她特地起了个大早，去这家在网上口碑爆棚的粉店排了将近一小时队，对着菜单反复纠结后才选择打包这碗红烧牛肉粉，虽然到公司还是迟到了。但没关系，别说她这个迟到专业户已经无所畏惧，就是这碗粉都对得起这一大早的辛苦奔波。

她吃得满脸幸福，肩膀被旁边的同事轻轻拍了几下。

林美芽看向同事，豪爽地答应："你是不是被我的粉香到了？没关系，我明天还去买，也帮你带一份啊。"

同事无语，指了指电脑，提醒她："看群！公司群！"

好，手上的粉它瞬间就不香了。

秦思维做得好绝。

整句话用特地调大的 20 字号红色加粗宋体，正骄傲地挂在群里给当事人一个狠狠的巴掌。

林美芽只觉得脸上青一阵红一阵，心里泛起一丝懊恼与委屈。可同事们四面八方投来的带着看好戏意味的打量，在她心里变成堆积如山的难堪，瞬间将做错事的那点愧疚淹没得无影无踪。

有病吗！吃个早餐而已，至于这么上纲上线？她吃他家大米还是抢他家钱了？

不吃早餐得了胃病，公司给算工伤吗？

再说，她为老板卖命，为公司做的贡献难道还不配吃一碗粉吗？

"抱歉啦，秦总。"林美芽面无表情地又发送了一个猫咪撒娇的表情包。

呵，抱歉个大头鬼，要不是她本质月光族，等着这个月的工资还花呗，她分分钟辞职走人。

"社畜"的辛酸无人知。

林美芽缓了缓情绪，若无其事地继续低头吃粉。

既然被批评了，那干脆就吃完这碗粉。

不能把老板的"罪孽"，牵扯到牛肉粉上，毕竟它是无辜的。

她，强撑起一个"客户满意度最高"的公司顶梁柱设计师的骄傲，在八卦的同事面前保留最后那一点点体面。

秦思维看到林美芽的回复，可有可无地"呵"了一声，也不想再在这件小事上计较。自从开始上班，让他烦心的事情可太多了。

还没等松口气，手机恰巧响起，秦思维瞥了一眼来电显示的"刘明"，很没 Boss 形象地仰天翻了一个白眼。

如果需要秦思维给手底下的员工们取一个能凸显个人气质的亲切昵称的话，那刘明一定是一只称职的报丧鸟。

而一般来说，明明人在公司却还打电话给他的时候，说的都是坏消息。

秦思维运足气，做好充分的心理准备，忐忑中又有那么一丝期待地接起电话。

"喂？"很好，是沉稳可靠的低沉 Boss 音。

"老板……"

刘明扭扭捏捏地开口。

同样看到公司群消息的他认为，打电话给老板的时机有点不对，他要说的事情就是火上浇油的那一桶油。

可没办法，这件事情必须立刻告诉老板一声，再拖下去他担不起责。

也不知道老板现在的心情到底怎么样，有没有被小林气到。

小林也真是，一大早吃什么粉！

听对方的口吻，秦思维已经不指望能听到好消息的奇迹了。

两人无声地僵持了半分钟之久，刘明扛不住这个凝重的气氛，慢慢铺垫："龙腾公司的王总跟您关系还挺熟，是吧？"

"也没多熟。"秦思维嘴上应得漫不经心，实际上已经想要抓头发了。

"嘿嘿嘿……"刘明企图先用憨笑活跃气氛，"老板就是太谦虚。您都能拿下王总的单子，那交情肯定很好。"

但冷酷老板秦思维铁面无私："求求你老刘，有什么事你就直说，给我一个爽快行吗？"

刘明鼓足勇气，尽量云淡风轻："行，老板。那麻烦您，再跟王总说说，他那单广告宣传册，我们可能要晚两天交货。"

可这个要求还是很过分，他恨不得吞掉里面的标点符号，用最快的速度把它们吐出来。

不过，秦思维听清楚了，还气炸了。

这句话到底是有多大脸才能说出来？

他——四海广告公司的老板！因为指望不上业务部，于是前几天觍着笑脸出去拉了这单业务，给公司创收。现在要软着声音再去跟人家道歉，不能按时交货，还得低声下气地请对方能不能宽限两天？

他怕不是来当老板，是给人当孙子的吧！

秦思维压着火，默默背诵《莫生气》。

不生气，他不生气，气出病来无人替。他若气死谁如意，况且伤神又费力。

"你先告诉我，这批宣传册为什么不能按时交？"

"其实已经印完了的。但我验收的时候发现封面上有错别字。王总的公司叫龙腾公司，腾飞的腾，可现在……"刘明磕巴了一下，"变成疼痛的疼。龙疼公司。公司名在封面上占了一块地方，还蛮显眼的。哎，本来封面上是没要求放公司名的，后来都要开印了，王总那边临时给我们打电话，说要加上去。可能着急忙慌的，就……"

强行给自己开脱完，刘明才下结论"所以，我们现在得重新印。"

秦思维的头隐隐作痛，这个垂死挣扎的洗白理由快把他气笑了。

有本事你去当着王总的面把锅甩给人家啊！

最后关头人家要求加公司名又怎样，就那么几个字，你好歹也要过一遍再开印吧！

你当初是被猪油蒙了眼吗？

秦思维自诩是文明人，克制着没把这些无济于事的责骂塞进刘明的耳朵里，也没力气再多说什么，直接挂断了电话。

没脸去老板面前承认错误，对着突然被挂断的电话，刘明定定
地出神。

老板应该会去跟王总那边交涉的吧？那他会怎么处理自己呢？
扣工资还是开除？

要是像前几次那样，扣点工资的话，那他能接受，心里还能好
受点。

要是老板受不了他，要炒他鱿鱼……

刘明分析了一下跳槽去别家公司重新开始的可能性，还是留在
公司最好。他都好不容易爬到经理级别，去别家就不一定还是经理
了。

他薅了一把本就乱糟糟的头发，决定起身出去找人帮忙探探老
板的口风。

秦思维躺在椅子里，双脚搭在办公桌上。他盯着天花板，脑子
里反复演练着要如何跟人家王总谈违约的事情。

咚咚咚！

急促的敲门声打断了他的思绪。

秦思维条件反射般放下腿，坐直身，而不等他应答，门外的人
已经自觉冲进来了。

"老板啊，忙呢？"

"什么事？"秦思维兴致缺缺，调整好椅背。

人事总监兼办公室主任卢思花，毫不客气地坐在他对面的椅子上："老板，我刚刚把小林叫到我办公室，已经让她做深刻的检讨跟自我批评了。你放心，她这次一定认识到了错误，下次不会再犯了。"

秦思维并不相信，但还是给面子地回应。

"哦。"

"哎呀，秦总，对我们有点信心！人嘛，总会犯点小错误。小林这孩子，就是年纪小，娇气了点，但她人还是很不错的，工作能力也很强。我们总是要给她改正错误的机会。我保证，她不会再有下次了。"

如果林美芽是孩子，那年纪比她还小了一岁的秦思维，是什么？小宝宝吗？

秦宝宝忍不住杠了回去："倒也不必。花花姐，你在我这里替别人做的保证都几次了，你自己想想有哪次是做到了。你敢说，我还不敢当真了。"

看到花花姐还要解释，秦思维挥挥手制止了对方。

"我也不想过多追究，管太多累人，就这么着吧。"

反正他是做好了小破公司今天不倒闭那就明天倒闭的心理准备，能过一天是一天吧。

原本是想先表一表林美芽知错就改的传统美德，让小秦总可以稍微宽心一些，但没想到起了反效果，还让他更加烦躁了。

受人之托的花花姐一时之间不知道该如何引出下面要说的话，悻悻然闭嘴。

秦思维低头看公司的财务报表，翻过一页，对面的人还是没起身的动静。

秦思维抬头："还有事？"

他眼神里恳切地透露着"不，我觉得你没事。请你自觉点，现在站起来，给我往外走。马上走"的信息。

事实证明，花花姐跟他没有那个默契。

花花姐："那个……"

秦思维感到心累，在内心叹口气。他扔掉手里的笔："花花姐，刘明身为印务部经理，负责产品质量把关，先不说这是他第几次犯了错。单就这次，没有检查出宣传册封面的错误，导致我们要重新印刷三千份宣传册，并且还因为延时交货违背了与客户签订的合同条款。就这前前后后算一起，六千份的印刷费用，以及违约赔偿，粗算一下公司的直接经济损失达到十万以上，还搭上我们信誉受损的代价……"

"可是，刘明他……"

"花花姐，前两次也是你来找我说情。我一直没来得及问你，你来我这里帮他认错替他求情的时候，他人呢？为什么他不自己来跟我说？"

说出这句话的秦思维莫名暗爽。

并不否认花花姐这人很好，乐观心善，还乐于助人，因为是公司老人，会把每位同事当成家人，替他们操心。可秦思维有时候很讨厌这样的人。因为她公私不分，大事小事都要牵扯到"情分"两个字，好像有了情分，天大的错误都能被容忍。

不过讨厌归讨厌，秦思维没打算对这种老好人性格指手画脚。

今天这么故意挑拨也是因为，花花姐每次帮底下员工开脱时，都像是护崽的老母亲，而他是公司所有人的阶级敌人，被自动搬运到对立面。

秦思维他就没受过这种莫名其妙就被孤立出去的委屈。

这个问题似乎从来不在卢思花的思考范围内。

她跟刘明都是公司创立之初就一起进来的人。刘明比她小很多，她也就把刘明当成弟弟，其他后面进来的同事也都当作是她家人。甚至，现在公司多半人都是当初她招进来的，所以她总认为有责任去关照一下他们。

大家互相宽容，互相帮助，一来二去地，和谐友爱如大家庭的企业氛围就这么自然而然地出来了。

她来不及深究，下意识地替刘明辩解："秦总，刘明他这人性格就是这样子，人老实，比较内向，不敢站出来。朝夕相处下来，我们都了解的。他一毕业就进了公司，跟着公司一起创业，工作上一直兢兢业业，没有功劳也有苦劳。虽然是粗心了一点，但是……"

她顿住，有些说不下去。

秦思维却难得地心情好了起来。为什么说不下去，因为她都知道她现在说得是有多理不直气不壮。

秦思维抬手制止："不用再解释了，花花姐。现在我烦恼的不是该怎么原谅刘经理，而是如何去向王总解释并且尽量不因我们的失误造成对方的二次损失。你要是没别的事情了，就去忙吧。"

他，累了。

然而今天，注定是一个不平静的日子。

门再次被推开，风风火火地冲进来一个中年男人，挺着啤酒肚，用他独特的家乡口音喊道："没钱咧没钱咧！老板，账上又快没钱咧！你赶快去找点钱来，我们要发不出工资啦！我一家老小都等着工资吃饭咧！"

郭元方不愧是财务总监，这辈子一定是讨债鬼转世。

秦思维 respect。

郭元方跟卢思花打招呼："发发姐，你也在啊。我这事儿比较着急，先让我跟老板谈一谈哈。"

郭元方分不清"h"跟"f"，从来都是把"花花姐"念成"发发姐"。

"没事，郭哥，我已经说完了，正准备走。"

郭元方这才将目光转向老板椅："老板，我跟你说……哎？老板人呢？怎么不见咧？"

秦思维：上班太累了，我只想躺平……

郭元方绕过桌子，看到已经坐在地上，捂住脸的秦思维。

"老板，你摔倒啦？干吗坐到桌子底下去咧？来来来，让老郭我来扶你。"郭元方见缝插针地催钱，"老板，今年经济不景气，有好几家还没给我们尾款。公司账上没多少钱啦，我们可是从来不拖欠工资的。今天要是搞不来钱，那我们这些人都没下顿了。"

他嘚吧嘚，口水喷了秦思维一脸。

"行了行了，我知道了，我来想办法。你们都先回去吧。"秦思维嫌弃地跟郭元方拉开距离。

"好。"

郭元方临出门还不忘叮嘱："老板，最晚明早就得到账哈。"

秦思维疯狂点头："知道了知道了，你走吧，帮我关上门。"

瞬间，满室寂静。

秦思维抽出一张湿巾擦脸，把废纸凌空投入垃圾篓。他长腿踩着办公桌沿，轻轻一蹬，椅子带着人迅速朝着窗边滑去。

看着楼下车流如梭，秦思维第不知道多少次发出叹息："这个小破公司到底什么时候可以倒闭啊？"

从总经理办公室出来，卢思花就说郭元方："郭哥，你也催得太狠了。明天就要到账，你这让老板去哪里弄钱？"

"哎呀，你就不要瞎操心啦。我们小老板是富二代，他的私房钱拿出来够付我们几个月工资，那是轻轻松松。就算他没钱，他家里还是有钱的啦。再说了，谁让他是我们公司的法人，现在我们上上下下都在替他打工，那就得他发钱养着啊，你放心咧。"

亏谁都不要亏了自己的钱包，那不管什么事情在郭元方看来都是小事一桩。

卢思花叹气："哎，其实秦总也不容易。本来可以当个衣来伸手饭来张口的富二代，现在被迫接受我们这么一个烂摊子。"

"谁让我们的前老板丧良心，谁让小老板运气不好，刚好出钱给他开了这间公司。"郭元方劝卢思花少操心，"发发姐，你不要想太多啦。小老板再不容易，也比我们容易多了。你想想我们，上有老下有小，还要还房贷车贷，没工资可怎么办。"

"我就是觉得当初做得有点不地道。"

是，秦思维来当四海广告公司的老板，完全是被赶鸭子上架。

这一切都要从他那张大学毕业时还有很多余额的校园一卡通说

起。

大学毕业离校的前一天，秦思维发现一卡通里还有一笔钱，他也懒得带着身份证去提现，于是就邀请隔壁宿舍同样还没有离校的好兄弟盛涌泉去学校里的那家四星级酒店餐厅吃饭。

当晚，盛涌泉不仅带来了塞下一桌菜肴的胃，还带了一本厚厚的创业企划书。

酒足饭饱后，盛涌泉唾沫横飞激情满满地描绘了一个前途光明，目标远大的未来国际广告公司雏形，并且邀请秦思维一起创业。

秦思维微醺得有些飘飘然，他连策划书都没看一眼就心动了，当下就拍板回家拿钱，他要以100万的创业资金入股，投资盛涌泉的广告公司。

他美滋滋地想，秉着"我出钱他出力"的公平原则，从此他秦思维就能做一个每天吃吃喝喝坐等收钱的甩手掌柜，事务管理、业务冲刺、规模拓展什么的全交给野心勃勃的盛涌泉，而他成功实现做一条躺平任撩快乐逍遥的咸鱼的人生理想。

现在回想起来，那时他天真得好快乐。

谁知人算不如天算，盛涌泉，一级嘴炮学者与地表画大饼最强选手，有着口若悬河的豪情和丰富的创业理论，却没有实际的经营经验，在一年后的年终结算之际，人间蒸发了，并在办公室里留下一个电话号码跟一张字条。

"不是我们不地道，是盛涌泉太不是人咧。"郭元方撇清关系，"那时候大家都等着拿钱回家过年，结果他拖欠员工三个月工资，还把账上的钱全都拿走跑路。留下一张字条说，公司法人其实是小秦总，还写了秦总的电话跟住址。"

卢思花也陷入回忆："是啊。我们按照他留下的电话拨过去，结果秦总关机，大家都快绝望了，还是你说要照着地址找过去。"

"嘿嘿嘿，没钱给我老婆买东西，我着急啊！我当时想着，要是还找不到人，就去报警打官司讨薪水。还好，秦总只是因为睡觉关机咧。"

说到这里，他们相视而笑，不约而同地想到那天早上睡眼惺忪却被惊呆在原地的年轻人的样子。

当初老板跑路，他们被拖了三个月工资，而拨打秦总的电话号码却发现是关机，每个人都茫然四顾，不知下一步该怎么办才好。

郭元方咬咬牙，带着卢思花还有报名加入讨薪队伍的其他员工一起，按照盛涌泉留下的地址敲开秦思维家的大门。

当时的秦思维，裹着睡衣出来，头发睡成鸡窝，揉着眼睛带着一丝起床气，语气恶劣地问他们想要干吗。

结果……

"老板，救救我们吧，都吃不起饭了。"

"有钱没钱，回家过年。但是，我连回家的路费都没有。"

"盛涌泉跑路了，公司拖欠了我们三个月工资，老板我已经吃了一周泡面了。"

"公司不能倒闭啊老板，我们全家人都靠着我的薪水活啊……"

面对众人有些夸张但也是声泪俱下真情实感的委屈与哭诉，秦思维他混沌的大脑终于因为 get 到了"盛涌泉败光公司家底已经跑路"的噩耗而刹那间清醒了。

盛涌泉这个狗东西！

他从不过问公司的盈亏，而盛涌泉每隔几个月都会来跟他说，这两个月赚了多少，但钱都要投进新的项目里去，等年底，一定给他比当初投资翻好几倍的分红！

秦思维相信了，还给盛涌泉点了一个月养生馆药膳的外卖，慰劳他为公司日益消瘦的身体。

于是秦思维，这个公司实际出资人，营业执照上的法人，在大家的殷切期待中，被迫接手了四海广告公司，开始了他的老板生涯。

"小秦总其实挺好的，除了懒了点。"

郭元方喝了一口水，很实际地点评："嗯，按时发工资，过年过节还给发福利。我倒是不担心他跑路，只要公司不倒闭就好。"

"我们年纪都大了，追求稳定就好，但底下那帮小年轻每天都很忧心。"卢思花的居委会大妈性格，让她充分地深入基层，第一时间掌握人民群众的心声，"老板不振作，公司不发展，他们没有升职空间，什么未来可期都是空谈。"

郭元方跟着叹了口气："那也得看小老板振不振作得起来噻。"

清脆的铃声打断了两人的谈话，郭元方听到他为老婆设置的专属铃音，立马笑得满脸褶子。

"喂，老婆。"

这个恨不得吃下几斤蜜的甜度，让卢思花起了一身鸡皮疙瘩。

郭元方无知无觉，继续放柔声音："是的呀，你生日我肯定记得啦。我忘了什么都不会忘记我们之间的各种节日啊。"

"我已经订好生日蛋糕了，我选了一个你肯定喜欢的样式。"

"行，那老婆你玩得开心哦，记得想我。"

"好，宝宝，老公爱你。"

郭元方满眼含笑，收回手机，抬头就对上卢思花嫌弃的眼神。

他恢复正常的语气说话："干吗？"

"郭哥，你都是要年过半百的人了，说话怎么还这么黏黏糊糊的。"

"我老婆愿意听，你管我！"想到老婆，他又开心了，"你说我老婆那么漂亮那么优秀，她为什么能看上我？"

"为什么？"

"当然是因为我爱她啊。我事事把她放第一，努力工作积极赚钱，给她买包买口红……"

听到这里，卢思花灵机一动，突然受到启发："郭哥，我有办法了！"

没跟上她话题转换速度的郭元方一脸蒙，问："怎么了你就有办法了？"

"照你的心路历程，我觉得我们小老板之所以不上进，是因为暂时还没人成为他的'上进心'。当然，这是小老板的个人感情生活，我们也没办法，但是，老话说，男女搭配，干活不累。老话还说，近朱者赤近墨者黑。我觉得我们应该先给秦老板招一个斗志昂扬、积极进取的元气小助理。"卢思花越说思路越清晰，"这样子说不定，小秦总能够被感化成功。"

另一边，一间洋溢着小女生甜美风格的卧室里，时下正热门的流行音乐从音响里流淌出来，飘荡在整个房间内。

喻可欣趿拉着拖鞋，不停地来回走动，从各个角落里翻找出今天出门所需的装备。行走间，她还随意地切换成蹩脚的舞步，在地板上蹦跶几下，继续满足又快乐地哼着歌。

"天气真好，心情真好，生活啊，为什么如此美妙。"

她对着镜子由衷地感慨了一声，成功地拿卷发棒把一头长发卷成了熟女风格的大波浪。

"完美，看上去像个职业女精英！"

　　她，喻可欣，现年二十二岁，即将大学毕业的商科应届生。今天是她开始工作的第一天。

　　可能是因为电视里职场剧的洗脑以及对做事果决的 office lady 的向往，喻可欣在大四下学期开始就有意识地购买风格冷硬的职业装和一些配饰。

　　喻可欣收敛笑容，高傲地指着镜子里的人："喻可欣，不愧是你，气质这一块拿捏得死死的！表情再严肃点，你就是一个成熟稳重的社会人！"

　　确认完形象工程，拿起新拆的黑色上班通勤包，身穿一身时尚职业女套装的喻可欣脚踩高跟鞋，走出六亲不认的步伐，信心十足地踏出房间，奔向她的新生活。

　　可，有句话怎么说来着，出师未捷身先死。

　　喻可欣踌躇满志地踏入花布厂的董事长办公室，挺起胸膛大声道："董事长，新员工喻可欣向您报到，请您给我安排工作任务！"

　　喻爸爸被眼前熟悉又陌生的女儿吓了一跳，还未来得及多说什么，听到她的大嗓门而从隔壁总经理办公室过来的喻妈妈在身后问得很迟疑："欣欣？"

　　闻言，喻可欣转身。

　　"哎哟，我的宝，你这身可真俊。果然是我的漂亮女儿，穿什么都好看！"

喻可欣得意得快把尾巴翘上天："是吧，我也这么觉得！"

"你怎么来厂里了？"喻妈妈走进来，关上门。

喻可欣很自然地把包丢在待客区的沙发上，卸下刚才的精英女强人模式，转身就抱住妈妈的手臂撒娇："妈，我们昨晚不是说好了嘛，我来这里上班呀。"她掰着手指开始唧唧喳喳，"本来我想走小说里的套路，隐瞒身份去当个普普通通小员工，再一步步升职加薪。但不行啊，以前经常跟着你们来厂里转悠，大家对我都脸熟。所以我就直接找你们报到来了。"

喻爸爸看向喻妈妈："你跟她说好的？来厂里上班？"

喻妈妈摇头否认："没有啊，我还以为是你答应的。"

两人互相确认完毕，同时把目光落在喻可欣身上。

喻可欣：？？？

总觉得她的就业之路要一波三折。

她控诉："昨晚我说要来厂子里，跟你们一起把花布厂做大做强，再创辉煌。你们可是都答应了的！还夸我有孝心！"

"可是，你还没毕业，还不着急的哈，乖宝。"喻妈妈立刻哄道，"爸爸妈妈昨晚的意思是等以后，你再来接我们的班。现在你专注念书就好。"

"是啊，欣欣，上班很辛苦的，你再多轻松几年。我们这么努力赚钱是为什么，就是让你能够好好享受生活的。"

喻可欣为她的事业心继续挣扎："可是，我差不多算是毕业了。

这段时间本来就是给我们学生出来找工作用的。"

"那你跟别人不一样，你都不需要找工作了。这段时间就拿去约朋友旅旅游、逛逛街，多好。"

喻爸爸拿出一张银行卡递给喻妈妈，喻妈妈转手就把卡塞给了喻可欣。

"欣欣，爸爸妈妈忙着工作，你乖乖的，别让我们再操心你。等以后，爸妈都老了，你再来帮我们管理厂子。零花钱要是不够就跟爸妈说，这张卡你爸爸给你，拿去买包。"

"可是，我想工作……"

喻爸爸："不，我觉得你不想。"

上进心被打击得七零八落，喻可欣垂头丧气地站在花布厂门口，满含不舍地看着事业女强人梦开始没几分钟立刻就结束的地方。

想到刚才妈妈说，等他们老了，再让她来管理工厂。喻可欣握紧小拳头："我不会这么简简单单放弃我的事业心的！"

如果这么心安理得地做个啃老族，那人生跟咸鱼有什么区别？她不会让自己沦落成一条咸鱼的。

喻可欣自我鼓励："没关系，就当是求职失败。我可以再去其他地方应聘。"

她坐进驾驶座，没有忙着发动车子，用手机上网登录了求职网站，大致浏览了专业对口以及其他专业性不强的工作。

薪资报酬无所谓，公司的发展前景也不重要，关键是她需要用这份工作来证明她的不可或缺。

翻了好几个网站的招聘信息，喻可欣总算找到了一份让她非常满意的工作。

"四海广告公司……这公司名还挺阔。"她小声念着招聘职位的信息，"总经理助理。薪资面谈。要求完成总经理下发的工作任务，协调总经理与各部门之间的任务流程……"

她跳过下面罗列的基本待遇，直接被最后那句话给吸引——

"你的每一个细微行动，都会间接影响整个公司的发展。我们需要你，欢迎加入。"

按照花花姐的原话：

"小助理但凡是做了点什么事情能影响到老板，激发他的事业心，那我们公司就可以欣欣向荣了。"

不明就里的喻可欣立马感受到了被人重视的心情。

这是多么感人的"以员工为根本"的企业文化！

她立即发动汽车，决定回家就去写一份完美的简历，去应聘这份总经理助理的工作。

Chapter 2

同是富二代，差别怎么就那么大？

上午十点，秦思维在公司楼下的红绿灯路口缓缓停下，等待前面的车辆通行。

耀眼的阳光打在秦思维的脸上，却丝毫没有减弱他沉闷丧气的神色。

要说工作有哪点让他最为讨厌，那一定是，上班要早起。

夜猫子属性的他，晚上睡不着，早上起不来。而自从他开始做个正常作息的上班族之后，就已经告别了无数个懒觉。

交通灯已经转绿，但前面的车迟迟没有开动。秦思维的车后已经此起彼伏地响起了一阵盖过一阵的喇叭声。

他在车内伸了个懒腰，很烦躁地"啧"了一声。

"吵。"

他大概是老了，昨晚熬夜玩游戏，今天就死活提不起精神。

这么一想，秦思维决定等下到公司再补一会儿觉。

他左手拄着车窗，单手托腮，努力屏蔽掉车喇叭声，耐心地注视着前面的车缓缓启动，他也跟着开始前行。

离开主干道车流，右转弯驶入办公大楼的地下车库，秦思维在他的车位前长长叹了一口气——

已经有别的车辆毫不客气地占用了这个位置。

这种事情屡见不鲜，更别说是在上班时间段的办公楼车库。

如果是平时，他得拨打车主留下的电话，让人过来挪车。但今天，他不需要那么麻烦。

因为边上的公共停车位就是空着的。

多一事不如少一事的秦思维当下就把车停进了公共车位上。

喻可欣在地下停车场 A 层兜兜转转绕了一圈，都没找到一个空车位。

没见过世面的她，清晰地感受到了办公地点在上班时间段的车位紧缺问题。

她看了一眼手表，即便早上怀着激动忐忑的心情提前半个多小时出门，现在也已经快要到她的面试时间了。

面试迟到是职场大忌。

喻可欣不由得着急起来。

她在 B 层停车场也转了一圈，没找到空车位，又重新回到 A 层，跟在一辆黑色奥迪车后面。

"哦！前面那人运气为什么那么好！居然找到车位了！"

她羡慕地注视着奥迪车主停好车："要是还找不到空车位，只能出去停在路边了。面试应该不会很久，大不了被贴条子。"

等前方的路被空出，喻可欣准备继续开车寻找车位。

余光一扫，她发现了一件了不得的事情——

这辆奥迪车的车牌跟旁边私人停车位上挂着的车牌号是一样的。

而现在私人停车位里的那辆车，显然跟车位主人的牌照对不上号。

那么……

喻可欣脑子飞快地转动，临近的面试时间逼迫她开门下车，冲到了奥迪车的驾驶位前。

"你好！请问一下，你的车位是不是被占用了？"

秦思维正准备下车，就被这位突然蹿到面前的女生吓回到座位上。

没等他回答，女生热情地继续发问："你需不需要我帮你打电话给车主，让他下来移车？"

秦思维斜眼看她，他是没手还是没手机，需要让她给人打电话？

瞥向还停在过道中的车，又看了一眼过度热心的喻可欣，秦思维一下子明白了事情的前因后果。

他冷冷淡淡："谢谢，不需要。"

他要上楼去补觉了。

你这样子让我怎么接话？

下意识就要拿出包里手机的喻可欣顿住了。

她不相信他没看出她的实际意图，但显然，这人拒绝了她这个"你好我好大家好"的提议。

喻可欣心一横，选择性地忽视里他话里的"不"字，继续从包里拿出手机："就是说嘛！这种随便占用私人车位的行为很不道德，身为新时代的素质公民，我们必须要随时制止这种行为。"

是，她间歇性耳聋了。

顶着他诧异的目光，喻可欣迅速拨打了占位车主贴着的电话号码。

她也知道这样子的做法很奇怪，但没办法，面试要紧！谁让她那么坚定地想要成为间接影响公司发展的总经理助理呢！

我们女人，想要什么就必须搞到手。

等待对方接通的过程总是尴尬的，更何况秦思维还抱着双臂一副看好戏的神情在看她表演。

喻可欣不自在地没话找话："哈哈哈，一切怪我太热心，路见不平拔刀相助。你不说我不说，他们什么时候知道这样子的做法会给人造成不便？我们国家什么时候才能促进社会和谐？人类命运共同体的理念……喂！"

谢天谢地，占位车主总算接电话了！

已经把大学思修课上学到的内容全都抖搂一空的喻可欣，差点感动到哭出来。

站远了几步，站在思想高度上的喻可欣像是防备秦思维偷听似的，小声跟手机那端的人沟通。

没几句话的工夫，喻可欣压抑不住喜悦之情，蹦蹦跳跳地回来跟他说："那位车主说他已经办完事了，马上就下来开走。麻烦你再等一下下哦。"她停了一下，又假惺惺地问，"不会耽误你上班吧？"

秦思维连眼皮都懒得抬。

喻可欣沉浸在即将可以停车的喜悦中，不在意他的傲慢，继续搭话道："你工作多久了？上班的感觉怎么样？我今天第一次面试，有点激动。哎呀，马上就可以做个职场人士了呢！"

秦思维盯着面前嘚吧嘚个没完没了的女生，她这种天真的快乐分外眼熟，像极了当初被盛涌泉画的大饼给砸晕的他自己。

但残酷现实教他做人。

秦思维心有戚戚，基于那点微弱的同理心，他难得地缓和语气："工作的苦真是一言难尽，但你放心，老板都很喜欢你的这种盲目热情。祝你尽可能长久地保持积极哈。"

喻可欣："……"

不是很懂，这句话到底是泼冷水呢，还是一位职场前辈的内心剖析？

好在，占位车主适时地出现在他们的视线中。

见到喻可欣，他立刻态度很好地道歉："真是对不起。刚才车位都满了，除了您的位置。我着急上去签文件，就停在这儿了。给两位造成不便了，实在抱歉。"

喻可欣一改之前在秦思维面前的大义凛然，非常包容地回应："没关系没关系，这也都是情理之中的事情。"

"我这就把车开走……"他忽然看到秦思维的车牌，愣了一下，"呃，你们夫妻上班怎么还开两辆车啊？这要是找不到车位多耽误事？"

喻可欣假装看不见秦思维投来的疑惑目光，有理有据地解释："今天要出去跑业务，我们就都开过来了。"

等人离开，秦思维慢悠悠地问："夫妻？"

喻可欣干笑："哈哈哈，这都是策略！"

车位只有两个，但在场的车有三辆。

她怕对方下来，要跟秦思维互换车位，那就没她什么事了，所以一开始，她就卑鄙地撒谎，对占位车主说他停在了她老公的车位上。

那她就能成为私家车位的半个主人，来要求这人直接挪开车子。

谁知道这人办完事了，可以直接开车走人。

早知道，她就应该耐下心，看情况撒谎了。

秦思维挑了挑眉，放过这件对他无关紧要的事情，发动车子停到了自己的车位上，然后下车离开。

喻可欣朝着他快要进入电梯的背影大声感谢："谢谢你啦。"

好歹也借用了他的名头。

而这一切，从头到尾被采购办公用品刚回来的卢思花看在眼里，她深深地看了喻可欣一眼。

活力四射，积极主动。

这就是她跟郭哥讨论中的，总经理助理的完美人选。

今天注定是一个皆大欢喜的日子。

一小时后，喻可欣强压住嘴角的笑容，端庄地从四海广告公司里出来。

旁边的卢思花握住她的手："小喻啊，非常期待你的加入。我个人很看好你哦。"

这家公司对员工的个人价值果真非常看重！跟招聘启事里的态度一模一样！

喻可欣重重点头："花花姐，我一定全心全意为公司服务的。"

跟卢思花依依不舍地道别后，直到回到地下车库，喻可欣环顾四周确认没有人，才开心地叫出声。

"我要入职了！啊啊啊！我要开始工作了！以后的我，是office lady了！"她又蹦又跳，对自己发射无数彩虹屁，"第一次面试被人一眼挑中！难道是我难掩身上的优秀气质，精英职场人的潜力被人发现了？"

她痴痴地笑出声："四舍五入，我就是全公司的希望！"

沉浸在欢呼雀跃中，喻可欣没有听到电梯门开合的声音，也没注意到有人已经围观了她的大言不惭。

做个工作党为什么可以开心成这样？

没入社会的大学生这么好骗的吗？

到底是哪家公司应聘了她？那家公司的人事经理是一个洗脑天才吧！

秦思维带着不解，对这种状态的喻可欣叹为观止。

他举着正在通话的手机，站在电梯口，不想上前让她发现自己。

很奇怪，即便他们两人是没有交集的陌生人，但他有些害怕这样子的热情四溢。

手机里郭元方的声音把秦思维飘散得越来越远的思绪给拉回来："喂！老板！你还在听吗？你是不是还在地下停车场，你等一下，我下去找你。"

你是想让我死吗？为什么就不能放过我？

既然我逃出来了，你今天就别想逮到我。

秦思维望着不远处的喻可欣，咬咬牙，一脸生无可恋地低头从她身边匆匆路过。

他心里默念："看不见我，谁都看不见我。"

生怕她也会拦住他继续说些类似"能工作我实在太开心了"的鬼话。

"哎……"

他什么时候来的？

喻可欣注意到从旁边咻地飘过的秦思维，下意识地抬手，想跟他打声招呼。

却不料秦思维无视她，脚步加快。

喻可欣看着秦思维的背影，直到两人又拉开些距离，才听到他对着电话有气无力地说：“郭哥啊，你别烦我啦，我已经走了。有什么事你自己看着办吧……对，我不想管了……我脑子太疼了，我再不回家睡觉，你明天可能会在新闻上看到一年轻小伙猝死的消息……不说了，我手机要没电了。”

声音很虚弱，但看他离开的脚步，她总觉得这人的身体状况其实没他说的那么夸张。

她收回手，带着探究的眼神，目送秦思维上车，彪悍地开出车库。

工作时间无故旷工？

要不是他是老板，早就应该被开除了吧。

可惜，这位就是她未来的直属上司。

刚才，喻可欣踩着点，坐在了四海广告公司的会议室里。

等了一杯茶的时间，自称是人事总监的卢思花就进来了。

她能感觉到卢思花看到她后非常开心，在简单地确认过她的基本信息之后，卢思花立刻拍板，让她签劳动合同，明天就能来上班。

面试在如此轻松的氛围下，简单又快速地结束了。

然而，喻可欣并没有立即离开。

因为卢思花很热心。

虽然喻可欣还没正式开始上班，但已然把她当作是自己人的卢思花开始跟她推心置腹。

"小喻啊，我们公司目前虽然规模很小，但其实发展潜力是无限的。我们公司的每一位员工都迫切地希望公司可以长远地发展。"

喻可欣眼神热烈："嗯！我明白！我也这么希望。"

"你是总经理助理，跟我们秦总的工作往来会很密切，所以你的工作作风跟秦总很可能会相互影响……"

喻可欣见缝插针地表决心："花花姐，我知道的，我一定向秦总好好学习。"

卢思花赶紧制止："不不不，你误会我的意思了。"

要是喻可欣学到了秦总的自由散漫，那她就良心不安了。

她尽量用优美的语言来包装秦思维的懒散："相互学习嘛。我们秦总什么都好，就是对我们太过包容、民主。"

汉语文化博大精深。卢思花的良心在隐隐作痛："他看重员工的自觉性，所以对公司业绩没有强制性要求。虽然我们很感动，但为了公司能够良好发展，我们希望秦总可以对我们有高标准。而这时候，你就非常关键了。"

这一刻，喻可欣恍惚地以为自己接到了决定公司生死存亡的任务。

卢思花庄严肃穆，说："你就是我们公司所有员工的缩影。在老板面前，你的工作态度代表着我们所有人。如果你努力工作，老板也会从你身上感受到我们的积极努力，继而会被感染，然后……老板就充满工作热情和斗志！带领公司努力拼搏，走向未来！"

越说越激动的卢思花还没意识到，后面她已然暴露了秦思维。

但是，喻可欣被她这段既官方又假大空的发言给绕晕了。她听得云里雾里，但她不能露怯，不管怎么样，都先点头答应下来。

见喻可欣明白了自己的话，卢思花很开心，她提议要带喻可欣去跟总经理打个招呼。

但很不凑巧，还没到总经理办公室，就听到从里面传来的讨论声。

卢思花跟她说明情况："哎呀，郭哥在里面跟老板谈事，那你先单方面认识一下我们的老板吧。"

所以最后，卢思花带着她，隔着总经理办公室的一道玻璃墙，指着秦思维介绍："这位又高又帅的小年轻就是我们的老板，秦总秦思维。"

于是，在短短的半小时内，喻可欣又一次见到了这位不太精神的小伙——不久前还被她谎称是自己"老公"的秦思维。

他竟然是公司的 Boss？！

虽然必须摸着良心承认，他长得真的很好看，全身上下透着一种养尊处优带来的干净温和感，但怎么说呢，这感觉总觉得有哪里不对。

可能她从小见多了父母和那些叔叔阿姨创业时孤注一掷拼命的决心和狠劲，看到秦思维这个气质的老板，她感觉和自己印象里的团队领袖区别很大……

她好像瞬间有一点点明白花花姐前面和她说的那些云里雾里的话了。

秦思维英俊的眉眼、无奈放空的表情、全身瘫软的姿态，无不在说着一个和老板这个职位毫不相称的字：丧。

秦老板如果天天都这么丧，那这个公司是怎么活下来的？大厅里的人是怎么安居乐业的？

这可真是一个谜。

喻可欣隐隐感觉到自己的机会真的来了。

此刻，在地下车库里，喻可欣盯着秦思维的空车位，心里想，老板这么丧，难怪她说要学习老板的工作态度的时候，花花姐会那么激动。

这时，电梯门再次被打开，一个挺着啤酒肚的中年男人快步从电梯里出来，仿佛身后被什么追着似的。结果还真是，还有一位中年妇女跟着他出来。

喻可欣觉得啤酒肚大叔有些眼熟，好像就是之前在秦总办公室里跟秦总谈事的"郭哥"。

郭元方并不认识喻可欣，他是来追秦思维的。

看到秦思维的车已经不在，郭元方才有时间，略微抓狂地回头跟寸步不离跟着他恨不得一把抱住他的章阿姨求饶："哎哟，章阿姨，你别再跟着我咧，我老婆看到会以为我拈花惹草咧。"

管他郭总监三句不离老婆，四海广告公司保洁章阿姨她无所畏惧："郭总，你以为我很想跟着你吗？我就是想问一下，我们这个月的工资还发得出来不？你一直不给我回话，那我当然要跟着你喽。要是发不出了，你就早点告诉我，我也好换工作啊。"

"发得出，发得出！你放心吧！"郭元方后退一步，小心地拉开和章阿姨的距离，连连点头。

之前章阿姨追着问他，因为账上资金没有到位，他也没敢打包票。刚刚回复了章阿姨，章阿姨又说他的语气不真诚，听起来像说谎。

真的是难伺候！

天下女人，唯有他的娇娇老婆最听话懂事可爱。

其实也难怪，只要工资没有发到卡里，谁都不相信这种空头支票。四海广告公司经营情况不是很好，再加上前一个老板还跑路，所以每个人对公司的信心都不太够，总担心下一秒就迎来公司要倒闭的噩耗。

果然，章阿姨还是不相信："那你赶紧给我们发工资啊，我还等着用钱呢，我儿子大学毕业没找到工作，想考个驾照买辆车去跑滴滴，我这半年省吃俭用存钱给他买车，一天只吃一顿饭。"

郭元方秒懂："吃的是中午公司提供的那顿工作餐吧？"

章阿姨果然笑了："嘿嘿嘿，这小公司福利是真的好，中午人人都有工作餐吃，我以前上班的地方都没有这么好。"

"工作餐还不限量，吃完了还有可乐喝，吹着空调喝着可乐……"

"美滋滋！"两个人几乎异口同声做了总结，一瞬间，刚才的担忧与不安，都在幸福的泡泡里飞到了九霄云外。

难怪他看到章阿姨每天中午一个人要吃掉三个人的分量，嘴巴都塞成一只仓鼠了还在拼命地塞，搞得他一度怀疑她有暴食症。

郭元方在心里赞叹：女人狠起来，真乃狼人也。

章阿姨又回到了现实，继续唉声叹气地唠叨："哎，郭总啊，我听说小秦老板是个富二代，家里很有钱，是吧？他不会让公司倒闭吧？公司要是倒闭了他多没有面子，是吧？他有钱的爸爸妈妈会养着公司的吧？唉，我愁啊，你说这公司要是倒闭了，他们这些富二代照样吃喝玩乐，像我们这种穷人，手停口停，可经不起失业的哇。"

同样作为富二代的喻可欣感觉自己有被冒犯到。

"章阿姨你别这么说。"郭元方回到电梯里，一边走一边保证，"好啦，我等下就去银行发工资咧。你等着，下午就会到账的。"

喻可欣宛如一个隐形人，直到静寂的停车场里只剩她一个人，她还站在原地张开每个毛孔伸展每个脑褶皱用力吸收着刚才听到的话。

老板是个迟到早退靠爹吃饭专注吃喝玩乐的富二代——她聪明的小脑袋精简浓缩最后得出这个结论，应该没毛病吧?

员工都是一些为生活奔波努力的普通打工族，他们把老板当成天，当成地，当成衣食父母，眼巴巴指望着公司运营得好，他们才有美好未来，但是老板却让他们担惊受怕。

喻可欣有些愤愤然，秦思维可太给富二代群体丢人了，难怪大众对于富二代普遍评价都不高。

结合与秦思维早上的第一次碰面，以及刚才擦肩而过的印象，她的未来 Boss 似乎还中了负能量的 debuff，整个人丧里丧气的。

"工作的苦真是一言难尽。"这是秦思维对喻可欣说的原话。

他真是身在福中不知福!

有这么一群忠心的员工，因为吃了公司一顿饱饭就幸福得满脸放光，他到底知不知道他们有多可爱有多努力!

虽然她也是富二代，但她可是完全了解和同情打工族的疾苦的，何况，现在她自己就是一个打工族，她的心立刻和员工们站在了一起，她要为他们开出一片明朗的天!

她要用她的元气、她的热情、她的正能量，影响这个丢了他们富二代群体的脸的小秦老板！让他振作起来，带着大家走向光明，走向辉煌！

不过……

喻可欣的眼前，又自动浮现出秦思维那张好看得找不到死角的脸，和那一脸生无可恋爱谁谁的气息……

任务有点艰巨。

哎，这么有挑战性的任务，确实让人头秃。

她好像有点明白花花姐对她的期待了。

不过，她出来拼搏的意义，不就是在于挑战吗！

如果没有挑战，没有她发光发热的空间，她出来的意义在哪里？！还不如留在家里的花布厂吃吃喝喝买买包包刷刷某音，不是吗？

这绝对是老天爷看到了她的决心，所以给她安排的最好的考验和机会！

就好像瞌睡时老天扔给她一个枕头！

就好像口渴时老天扔过来一瓶矿泉水！

就好像肚子饿时面前出现了海鲜大餐！

就好像……

总之，老天最棒了，老天最懂她！这正是她心心念念要寻找的机会啊！

一个待拯救的老板！一群待拯救的员工！一个待拯救的公司！

而这一切！都在等着她去创造奇迹！

此时，喻可欣已经完成了自我元气充盈，整个人都充满了力量和激情，感觉再不释放就要爆炸。

她决定，她要努力工作，迎难而上，交出完美的答卷，让秦思维这条咸鱼在四海广告公司活泼有力地跳起来！

不知发生了什么事的秦思维，在自己的车里连打了几个喷嚏。

他有些疑惑："空调开太低了吗？昨晚我踢被子了吗？"

算了……

包里的手机在振动，喻可欣还沉浸在激动中，带着笑意接通了来自喻妈妈的关爱电话。

"乖女，你在干什么啊？"

"噢，妈咪，我跟朋友出来逛街啦。"妈妈的声音让她恢复了一点理智，她聪明地撒了一个谎。

因为她知道，父母如果知道她出来工作，还是挑战这么高难度的任务，一定会连哄带劝地把她拉回去继续当一个花瓶。

但是，鱼儿好不容易游向了她心爱的大海，她怎么能回去？

她必须瞒着父母，把这份工作做到完美，做到极致，然后出其不意地向他们交出答卷，让他们看到她已经有足够的实力来为他们的事业助力。

这就是未来一段时间里她的安排和计划。

喻妈妈听女儿的声音那么开心，顿时放心了，她表示对女儿的状态非常满意："乖女，逛街好啊，看到新款包包只管买！对了，妈妈刚被人推荐了一家私人美容所，妈妈没时间去，所以就给你订了护理套餐，你跟你朋友一起去玩啊。"

"好，我到时候再跟你 repo（报告）哦。"

喻可欣放下电话，拍了拍自己的小心脏。

好了，这一关算是过了。

不过，接下来正式上班之后，她该用什么借口来躲过她妈妈每天的查岗电话呢。

大不了就天天说自己在逛街在美甲在做头发吧！

反正这么说，妈妈就会很放心很开心不会多问了，仿佛这才是她应该过的生活和应该做的事。

她能理解父母身为创业一代，这辈子吃尽了苦，受尽了累，不想让唯一的女儿再受一点点苦。

而且小时候也因为生意忙，没有什么时间陪她，一直把她扔给保姆阿姨带，所以心里存了太多的抱歉。

因此现在家里生意稳定了，生活条件好了，父母就只想看她舒舒服服漂漂亮亮地享受生活，再找一个把她宠上天的青年才俊，一生照顾她无惧无忧。

但是偏偏，她不想做漂亮的花瓶，她想证明自己的价值。

哎，这该死的上进心。

说起来，秦思维那样性格的人才适合给她爸妈当孩子吧？

一方敢使劲溺爱孩子，一方敢坦然啃老。

不知道他的父母是什么样的人呢？

"阿嚏！"

正在牌桌上酣战的秦思维的妈妈打了一个喷嚏，疑惑地说："谁想我了？"

左手戴着四个各色宝石戒指的牌搭子太太立刻答话："是不是你家小儿子想你啦？"

一提到小儿子秦思维，秦妈妈立刻露出了甜蜜的笑容："哎哟！肯定是他！这小子可是我的小棉袄儿、羽绒服儿，别看是个小子，从小就比闺女还乖巧贴心。本来大学毕业好好地待在我身边，天天在眼前晃着多好，也不知道怎么搞的，突然跑去经营什么广告公司，忙得一个礼拜都见不到一次，我这颗心哟，一天不见他，就想他想得难受……"说着说着就要抹上泪。

牌搭子们赶快一起上阵安慰。

没几秒，麻将声又欢快地响起来了，渐渐地淹没了女人们的八卦闲聊声。

Chapter 3

喻可欣是他的人生克星，没有之一。

"大家早上好！我是新入职的总经理助理喻可欣，以后请大家多多关照！不要怕麻烦我，有事尽管说！"

喻可欣站在公司大门口，元气满满笑容灿烂地对进入公司的老同事们打着招呼。

这新景象引起了部分员工的好奇。

说是部分，是因为虽然还差两分钟就要到上班打卡时间了，但大厅里还空着三分之二的座位。

迟到是这个公司的常态，缺勤请假亦是家常便饭。

"总经理助理？"同事 A 对这个 Title（头衔）很陌生，应该是公司新设立的一个职位。公司还有钱招新人，可见暂时不会倒闭。一念至此，同事 A 顿时眉眼舒展，好事啊，是好事。

他热情回应："你好，欢迎加入我们公司。"

他看到桌子上放着的小礼物，扫视四周，所有人桌子上都有一个一样的小盒子。

同事 A 问："哎哟，还有礼物？"

"嗯！是很好吃的蛋糕。第一天来上班，就给大家带了一点小礼物。"喻可欣像摇着小尾巴的欢快小狗狗，笑容从她每个毛孔里散发出来，让人感觉暖洋洋的，不由自主地也想笑起来。

办公室里已经到了的那三分之一的人，都开始陆续伸手拆桌上的小蛋糕，而且每个人的脸上，都或多或少露出了温暖的笑容。

和之前一个个拉着脸垂着眼皮有气无力的样子比起来，精气神明显有了变化。

就是这样！

喻可欣你真棒！

喻可欣观察着，暗暗给自己点了一个大赞。

她昨晚上网研究了一晚上的职场规则，结合实际情况，有选择性地采纳了几条建议。

比如，上班第一天，想要快速融入集体的话，可以给同事们分一些小零食。

"哇！太感谢了。我这里有蜜桃乌龙茶，也给你试试。"林美芽也是一个活泼的人，立刻投桃报李地回应了她的善意。

喻可欣笑着接受了。

看，你来我往，同事关系就是这么和谐又融洽。

她不由得看向被百叶窗遮住的总经理办公室，里面的办公桌上同样也放着一个小蛋糕，不过旁边还有一束向日葵。

这是她给直属领导秦思维今天的见面礼，希望他吃了蛋糕以后元气大增，看到向日葵以后心情愉悦。

她查过了，向日葵代表着信念、勇气，以及欣欣向荣，真是太适合秦老板了！

上午 9 点 45 分，秦思维如往常一样，迈着沉重的步伐出现在四海广告公司。

秦老板今天也不想上班……

昨天也不想上班……

明天也不想上班呢……

但是怎么办，有如山的文件堆在他的桌上，各部门主管的连环夺命 call 十连发让他飘在云上下不了地。

"来签个字！老板！"

"文件你可以不看，但是字必须你签！"

"老板！这份文件再不签，就要出大事了！"

……

诸如此类的声音如魔音穿脑，在梦里也同样不放过他。

无人知他有多苦。

出大事？什么大事？公司倒闭？那不是刚好……他会开心的。

不看文件就签？

哼！

以为他还是那朵被盛涌泉忽悠的小白花吗？他这名字随便一签，不知道多少钱就哗哗地流了出去，连个响都听不着！

他虽然不怕这小破公司倒闭，但他还是很怕会牵连到他爸他妈还有他哥的！

虽然他不怎么争气，没什么上进心，但他爸他妈他哥还是各有自己的一片江山，这字他能随便签吗？

不能。

所以再不愿意，秦老板还是每天按时来上班了。

他要看文件，他要签字，他不想亲手了结这份事业，但又不想全力以赴去为这些人拼命，他只希望老天替他自然地结束这一场噩梦，既不要背负良心的压力，也不要这样日复一日地当个不想上班的老板。

这，很难吗？

这真的很难，因为，喻可欣来了。

秦思维进来的时候，喻可欣去人事部办入职手续了，两个人没有见到。

秦思维一如往常地丧着一张俊脸，飘飘忽忽路过了基本工位已经满员的大厅，飘向了自己的办公室。

一踏进办公室，他就开始打喷嚏。

他揉了揉鼻子。

这两天老是打喷嚏，换季时节，可能是鼻炎犯了。

秦思维没多想，继续走着，抬眼就看到办公桌上放着一束向日葵！

他一瞬间瞳孔地震！

他倒退三步，后背结结实实撞上了书架，痛得他龇牙咧嘴。

但他顾不上这么多，他感觉自己要完蛋了，他条件反射地狂撸起一边袖子，果不其然，这边手臂上已经开始长出密密麻麻的红疹。

另一边肯定也难逃此命运。

谁敢在他办公室里放一束鲜花？！

这是想要他的命吗？

他明明说过！

他明明说过的！

"阿嚏！"

秦思维怒火冲天，立刻冲出去。

忍着全身已经发作的麻痒，秦老板站在办公室门口，冲着大厅用凶狠的声音问："谁！在我办公室里！放了一束花……阿嚏阿嚏阿嚏！"

最后这一阵连环喷嚏大大削弱了秦老板凶狠语气的杀伤力，甚至因为带上了一点软糯的鼻音，显出一种奶声奶气的委屈来，配上他的俊脸，让人心头一萌。

喻可欣正好从人事部办公室出来，看到了这样眼泛泪花鼻头红红声音奶酥的秦思维站在自己办公室门口指手画脚，那一刻早上十点钟的阳光正好从大大的落地窗外投射进来，落在小秦老板水汪汪的眼里，喻可欣一瞬间感觉像有一枚雷神之锤从天而降，重重击在了她的心上，让她感觉到了什么叫触电的滋味。

怎么回事？

同事们面对秦老板的盛世美颜时日已久，已经有了免疫力，自然不像初来乍到的喻可欣这么容易中招儿。

在大家的眼里，小秦老板再好看，再奶萌，也比不过他的身份是一台人形提款机。提款机不能生气，提款机生气是不对的，提款机一生气，可能就要出故障，大家的口粮就要受到影响，所以，发生什么事了？

哦，是花粉。

到底是哪个不长眼的，竟然在小秦老板办公室里放花！

花花花！

花痴有罪！

说起这件事，公司里的老人都知道，秦老板他是个娇弱的过敏体质，尤其对花粉过敏。

当初为了表达对秦思维愿意接管公司的感谢，他们凑钱买了一束玫瑰花送给他，结果所有人都亲眼见证了秦老板在玫瑰进攻下连打了一百个喷嚏，全身起疹差点原地去世的景象。

想拍马屁结果直接拍在了马腿上，最后还是花花姐和老郭把秦老板紧急送医，才没出大事。而众人一起讨了个没趣，又生怕小秦老板经此一难，不肯再接管公司，一时间心乱如麻，互相指责，最后大家一人一朵分了那束花，各回各家各找各妈。

幸好秦老板出院后没有怪他们，也没有逃跑，还是抹着泪打着喷嚏来上任了。

至此，"秦思维花粉过敏"这件事，便如烙印般刻在了每个员工的心中，但唯独忘记了告诉新来的喻可欣。

而喻可欣又因为过于积极，今天第一个到了公司，先把鲜花放进了老板的办公室，以至于后面进来的员工都没注意到这个细节。

员工们面面相觑。

"不要命咧！不要命咧！你们哪个放的花，是不是不要命咧！老板他花粉过敏！办公室严禁买花！"郭元方闻声已经冲进了秦思维办公室，以和他的身形极不相称的敏捷，一把将那束向日葵塞进了自己宽厚的怀抱，风一般卷着花向着远处的卫生间冲去。

和他配合默契的卢思花张开双臂，像老母鸡护着小鸡一样，用力护住比她高出一个头的秦思维，仿佛要替他挡住什么恶魔一般，跟着大呼小叫。

"谁干的？谁干的？"

这时，终于从短暂的花痴发作触电成功中缓过神来的喻可欣，听懂了是怎么回事，她站在一群员工中弱弱地举起手："是我。"

唰一下，她的周围腾空了一大片，大家生动地上演了什么叫"与我无瓜"。

秦思维流着泪，颤抖着，拼命忍住想挠死自己的冲动，转头看向出声的人。

"你你你……阿嚏！你怎么在这里？"

不行了，他真的已经不行了。

他感觉这次有点严重，可能是那束花在封闭的办公室里已经待了一段时间，释放的花粉格外香浓。

他可能要去医院了。

他跟跄着后退一步，已经来不及多问了，脑子里满是痒痒痒痒痒……和害怕自己失去理智会当场扒衣的恐惧。

喻可欣抓紧时间说出她今天已经说了很多次的台词："秦总你好，我是新入职的总经理助理喻可欣。"顿了顿，她补充，"秦总有任何问题都可以叫我办，我会努力的。"

不，我不要你努力，我要你消失。

秦思维绝望地流泪，他想说是被花粉刺激的，但大家都以为他是因为有了新助理而内心汹涌。

"卢思花！"秦思维抹着控制不住的眼泪，责问卢思花，"你新招的员工放了一束花在我办公室！"

虽然这副口气有些欠扁，但话里的内容搭配秦思维现在的惨状，喻可欣愧疚地低下头。

卢思花一如既往地维护广大基层员工："对不起啊老板，小喻她也是好心。不知者不罪，大人不计小人过，她只是不知道你对花粉过敏而已。"

而已？

听听，这是人说的话？

秦思维心酸："你给我招助理，我为什么不知道？"

"哎呀，秦总，现在不是说这个问题的时候。你看看你，过敏症状越来越严重了，赶紧去医院开药。"卢思花转移话题，做出一副火急火燎的样子，"小喻啊，你陪秦总去一趟医院。过敏症状要是严重下去，要出大事的。"

"好的，花花姐。"

"我不要她。"

两道声音同时响起，下意识地，说话双方相互对视了一眼。

秦思维率先扭过头，傲娇地不想搭理喻可欣。

花花姐招她进来，绝对是想看他死，再加上送给他的这个过敏
见面礼……

呵！

喻可欣无语。

一个当老板的，怎么这么小孩子气，真是神奇。

全公司员工都在伸长脖子看老板跟新助理的动静，这上午发生
的一幕，如同一潭死水里突然放进了一尾鲜活的鱼儿，激起了雪花
般的浪，令往日死气沉沉的工作日常突然出现了一丝莫名的生机。

"老板，你这个样子总得有人陪着去医院。我和老郭正好手头
上都有事情要做。于公，小喻是你助理，按理就是她陪你去的。"
卢思花跟秦思维掰扯道理，"于私，小喻好心办坏事，让你花粉过敏，
也应该送你去医院。"

喻可欣见机，立刻说："是的，秦总。我已经很歉疚了。给个
机会让我弥补过错，我送你去医院。"

秦思维擦着眼泪，样子有些可怜巴巴。他受不了没完没了的喷
嚏，回身抓起车钥匙，不再多言地转身走出公司。

喻可欣赶快跟上。

"等一下！"身后传来卢思花的一声叫喊。

两个人顿住脚步回头，只见卢思花抓着一瓶矿泉水和一排白色
小药片冲过来。

"老板，你先把这氯雷他定吃下去，这是专门缓解过敏症状的，自从知道你过敏，我就怕万一有事，一直备着一直更新，保质期都没过！你放心，我检查过的！你快吃下去再去医院，总能缓解点！"

秦思维接过卢思花递来的药和水，一口吞下药片，猛灌了几口水。

他有点意外。他知道卢思花这个婆婆妈妈的性格，视所有员工如子女，平时在自己的办公桌里就准备着一个小药箱，谁有个头疼脑热的，都张口就喊"花花姐"。他一度很不屑她这种事事包圆的大妈性格，却没想到，卢思花也细心地替他准备了应急药。

不知道是不是心理作用，药片一下肚，他似乎感觉就舒服点了，那一口牢牢堵在心头的气也似乎散去了点。

他摆摆手，进了电梯。

"你开车了吗？"

"没有。"

昨天深刻体会到停车的艰辛，喻可欣果断放弃代步车，今天早起转了两趟公交车才到的公司。

"行吧，那你开我的车。"

喻可欣面露些许迟疑，只是秦思维忙着打喷嚏，并没有察觉到。

她虽然驾龄一年多，但拿到 C1 驾照之后，一直开的是喻爸爸放在车库里的手动挡旧车。而秦思维的黑色奥迪，应该是自动挡，而且还是新款车型。

虽然大家都说能开手动挡一定就可以开自动挡，但喻可欣还不是那么有信心。

可是，面对秦思维递来的车钥匙，喻可欣还是接过来了。

等下路上开慢点，应该没问题。

上了车，秦思维扣好安全带，抱着车上的纸巾盒，调整座椅靠背，缓缓地躺在了副驾驶位置上。

一套动作一气呵成，深刻体现出他对于"躺"这个字的熟练度。

药真的开始发挥作用了，他能感觉到，那些痒痒的红疹似乎平静了许多，喷嚏也没有那么一个接一个了，虽然泪花还挂在睫毛上，但他也懒得擦了，他享受着这窒息般的暴风雨过后的平静。

喻可欣确认油门跟刹车的位置，又上网搜索了一下自动挡的挡位，这才系好安全带，输入医院的导航，按照语音提示出发。

车开得很平稳。

秦思维休息了一会儿，感觉好多了，抬起头来望着车窗外龟速后退的建筑物，他忍不住开口："你的车速是不是有点慢了？"

喻可欣闻言扫过仪表盘，40 码。

她不自然地轻咳了一声："安全第一。秦总，我第一次开别人的车，还是这么贵的车，我有心理负担的。"

秦思维脑袋里满是问号,又打了一连串喷嚏。

喻可欣见状,正式道歉:"秦总,对不起。很抱歉害你过敏了。"

秦思维:"……"

他不说话不原谅,抹掉生理性泪水,做个高傲的老板。

喻可欣继续:"虽然工作第一天就闯祸,但这绝对不是我的能力水平。我一定会更努力的。"

秦思维:"……"

普通努力都这样了,更努力的话还想怎样。

秦思维不允许他身边出现一个过分努力的人。

"秦总,说起来我们也很有缘分。希望以后多多指教,我会圆满完成任务的。"

什么任务?上个班而已,用词要不要这么古怪?

秦思维忍不住回头看喻可欣,发现那张年轻白嫩的脸上满是跃跃欲试与壮志豪情。

这不重要。

他皱眉,盯着她有些出神,总觉得她有一些奇怪。

半晌。

"喻可欣。"

难得秦思维能搭理人了,喻可欣情绪立刻高昂:"秦总!"

"你多大了?"

"啊？我二十二岁。"为什么要问年龄，难道秦老板嫌弃她是应届生？

"那你为什么要穿得像四十岁。"

难怪他一直觉得喻可欣有些格格不入。

文创类公司的企业氛围都很宽松，更何况是四海广告公司。平时大家的穿着都是怎么舒服怎么来，从来不会有人穿职业装来上班。

可喻可欣今天全套职业正装，一身黑色，英姿挺拔，端庄板正，在一群穿着休闲装的牛鬼蛇神员工里，显得格外打眼。

虽然还是很好看啦，但不知道为什么，就是有点莫名的奇怪。

喻可欣："……"

"老板，你不觉得，穿职业装来上班很有仪式感吗？"

这是谁家的奇葩？上班为什么还需要仪式感？他上班的乐趣就是盼望下班。

秦思维转身背对她，无声地表达对这句话的嫌弃。

但，人生处处都是打脸跟真香。

十分钟后，秦思维坐在路边的马路牙子上，欲哭无泪地望着不远处已经挂彩的新车。

为什么花花姐要派这个魔鬼来折磨他？

他们两个真心八字不合，短短一个早上就事故频出。

他难道还不够惨吗？

魔鬼喻可欣非常忙。

跟被追尾的车主再三道歉，又拿出手机预约了一辆专车，然后全方位地拍下追尾现场的视频跟照片。

她用余光偷瞄每日一丧的秦思维，转身进入路边的便利店。

"给。"

一瓶酸奶递到秦思维的面前。

"干吗？"

秦思维不接，甚至想跟喻可欣保持距离。

幸好花花姐准备的药发挥了奇效，不然他今天肯定死在就医的路上，不，是死在这个突然出现在他面前的小魔鬼手中。

喻可欣强制性地将酸奶塞到秦思维手上："我看网上说，喝酸奶可以抑制花粉过敏的症状。老板，我帮你预约了一辆专车。等下我在这里等保险公司，你先去医院吧。对不起老板，耽误你及时就医了。"

"哦。"秦思维佛系认命，"随便吧。"

如果他不上班，继续做条快乐的咸鱼，那就不会认识喻可欣，也就没今天的事情了。

一切的一切，不过是工作使人忧伤罢了。

"不是这样子的啦，秦总。"喻可欣看秦思维态度软下来，立即顺着杆子往上爬，哥俩好地拍了拍秦思维的肩膀，在他杀人目光中才怏怏收回过分嚣张的手。

"万事开头难。工作第一天虽然不顺利，但以后一定会越来越好的！奥利给！"

她元气满满，还是那个积极向上的小太阳。

秦思维斜眼看喻可欣："敢情撞的不是你的车。"

"真是对不起，幸好你买车险了。如果你的保费上涨了，我来赔给你。"

不可避免地，喻可欣羞红了脸。

虽然完美适应了自动挡车型，但她忘了以前开车都是穿平底鞋，今天为了上班她换成一双小高跟，结果轻踩油门的时候，按照平时的脚感，就加速了。

幸亏她及时踩住刹车，没有造成什么不可挽回的后果。

秦思维："……"

他就缺那点保费？

这趟医院之行太艰难，以至于过敏病人秦思维到了医院后，莫名生出一股像是回到家的安心感。

但是，医院始终不是他的家。

秦思维打完针，出来拿药的路上，他转迷路了。

医院里的建筑四通八达，明明他在门诊一号楼，现在的指示牌却显示，他已经在门诊二号楼的三层了。

环顾四周，都没有一个可以引导他去取药窗口的路牌。

他拦下了路过的护士，记下对方告诉他的方向。

过了五分钟，他成功停在妇产科的门外。

这时，他不得不停止挣扎，勇于承认自己是个路痴的事实。

秦思维干脆地走进妇产科。

走廊上要么是单身女性，要么就是在丈夫陪同下的孕妇，像他这样子独自行走在妇产科的男性少之又少。

秦思维在大家好奇的目光中，进了一间暂时没有病人的诊室进行第二次问路。

再次出来时，他拿着医生画的示意图，自觉已经是会认路的秦思维了。

路过挺着大肚子的孕妇，秦思维反应很夸张地避让，直接贴在墙壁上，生怕留出来的社交距离不够，以至于不小心撞到人。

他都如此谨慎地靠边走了，但架不住今天运气差，在转弯处还是不小心撞到了一个扶着墙佝偻着身子的女人。

"小心！"

秦思维下意识地扶住对方的肩膀，让她不再向后倒去。

等她站稳，秦思维松开手，两个人突然都吃了一惊，怔住了。

秦思维："你……"

他的脸上瞬间写上了两个大字"尴尬"，不知道的，还以为他撞见前女友了。

然而，并不是前女友，只是他们公司的员工。设计部沉默少言的颜值担当——贾亦萱。

昨天下午，她来找他批假条，说是家里有事。

秦思维根本就不关心她的请假缘由，事假按规矩扣钱就好了，所以大手一挥就批了假条。

不过当时他稍微想了一下，感觉印象中，这是贾亦萱入职以来的第一次请假，也因此留下了一点微薄的记忆。

不然，凭着秦老板每天都要签几张请假条的可悲经历，他大概也不会记得这件事。

所以，她请假是生病了？到医院看病？

果然，此时贾亦萱状态并不好，完全没有了平日美女设计师的风采。

她眼圈泛红，脸色惨白得近乎病态，全身仿佛没有力气，只能半靠着墙壁来支撑当下站立的姿态。

尤其是腰腹部分，似乎疼痛难忍，根本直不起来，一只手无力地按着自己的腹部，想要像平日里一样挺起身体，恢复骄傲的天鹅状态，却只"嘤"的一声，额头冒着冷汗无奈放弃。

秦思维被眼前员工的惨相惊到了，不由自主看向她来时的方向。

路的尽头大门合着，门上是三个斗大的红色字体"手术室"。

妇产科，手术室，秦思维好像明白了什么。

所以，贾亦萱这是……

所以她请的是"事假"，不是"病假"？

他很佩服自己居然还记得她请的是什么假。

贾亦萱哑着声音："秦总。"

她神色中有被人发现秘密的惊慌，但张了张口却没有说出什么，眼眶瞬间更红了。

秦思维"嗯"了一声，不知道接什么话才好。

最后，他决定什么都不接了，都是成年人了，不会演戏的强行演，也没必要。

秦思维用像是跟她是在公司里碰到的语气说："来看病啊？我也是，今天在公司搞到花粉过敏，刚打完针。你也看完了吧，要不一起走？你去哪里？我送你。"

"谢谢，没关系，我回家。"没有想到平日里看起来不知人间疾苦的秦老板这么不八卦、这么体贴，贾亦萱一颗揪住的心，在双重痛楚里，终于放松了一点。

她不知道在这里撞到，秦老板是真的没看懂她是来做什么的，还是在装糊涂，此时的她如此虚弱疼痛悲伤，也顾不得多去辨别了。

她以前一直挺看不上这个小老板的，觉得他不学无术混吃等死，但这一刻，她竟然对他生出了一种奇妙的亲近感，还掺着一点感激。

就在双方都松了一口气的时候，突然，走廊尽头的那扇门从里面被打开了，大步跑出来一名护士。

"贾亦萱！贾亦萱病人！"护士大声喊着贾亦萱的名字，灵活的大眼睛一转，就发现了她，麻利地跑到她身边，"你怎么走了？病历都没拿给你！医生不是让你先在里面那张床上躺一会儿的吗？你身体条件本来就比别人弱，刚做完手术，最好不要着急走！要观察一个小时！"

虽然已经心照不宣，但当着老板的面还是被点破她刚刚做了某种手术。贾亦萱心态崩了，一直强忍着的眼泪哗地涌了出来，大颗大颗的泪珠子砸在地上，仿佛也砸得她再也直不起腰来。

她没有接护士手里递过来的病历，而是顺着墙壁无力地滑了下去，蹲在地上，缩成一团，肩膀控制不住地抖动着。

那模样任谁看了，都难免心生同情。

小护士虽然每天阅病人无数，但贾亦萱这样的气质美女，还是很容易在任何场合引起注意的。加上之前贾亦萱一直是一个人，手术期间还出现了短暂休克，因此让同龄的小护士格外同情。

看到贾亦萱蹲在地上哭，小护士有些不知所措，她注意到站在旁边的秦思维，马上懂了。

看这位的样子，风神俊朗，眉目如画，一看就是万千少女着迷的那种类型，想必这位贾亦萱美女也着了道。

但显眼这男人好看却靠不住，搞大了人家的肚子却连人家流产都不陪同。

还算他有点最后的良心，手术做完了终于出现来接人了。想必贾美女看到他也是一时委屈涌上来，这种心酸，她懂！

秦思维感觉到气氛有点异样，他本来就被护士冲出来说的话弄得有点蒙，还没想出自己该如何反应，就看到贾亦萱哭了。

接着他还在思考要不要扶起她安慰她，就看到护士的目光恶狠狠地飘向了他。

秦老板脑子更不够用了。

他脑袋里现在挤满了小问号。

怎么了？

他怎么了？

但秦思维还没来得及开口，对面的批评已经如狂风骤雨般向他侵袭而来：

"这位先生，你是贾亦萱的家属吧？本来医护人员不该多管闲事的，但我觉得你作为家属真的很不称职。后期的护理注意事项跟医嘱本来都是要跟你说的。她手术之前你都不出现，签手术同意书也是病人自己签的。虽然这算是一个小手术，但毕竟是这种创伤性手术，病人的生理跟心理都会受到重击，而且，孩子是你们共同的，为什么痛苦要她一个人面对……"

？？？

秦老板被一顿言语暴击后，反而佛了。

反正说的也不是他。

哪个是那孩子的父亲说的就是哪个狗男人。

秦思维无所畏惧。

于是，迅速打通了思想的他毫无心理负担地领了护士的这顿骂，甚至还有空分神去同情贾亦萱。

没想到遇到的男人这么渣。

果然如网上说的，大猪蹄子不值得。

"不是的，您误会了。他不是我家属，他是我老板。"倒是贾亦萱，虽然悲愤交加，恨不得钻个地洞表演原地消失，但听到秦老板莫名挨训，还是挣扎着止住眼泪，努力扶着墙站了起来，"我老公在国外出差，所以没来。"

寡言内敛如她，在这种状况下还开口解释，真的是因为对秦思维过意不去。

"啊！"护士已经一口气训完了，结果训错了人，顿时有些讪讪，"对不起啊，我误会了。对了，这是你的病历，快拿好，一定要休息完一个小时才能走啊。"

可能还是有些半信半疑，护士道歉的口气也不是那么诚意，毕竟老板来陪员工流产，听起来比大猪蹄子版本更加魔幻。

但病人这么说了，她也就不宜再多嘴了。

贾亦萱向秦思维道歉："对不起，老板，都是我的错。"

秦思维："哦，我想起一件事。"

贾亦萱："啊？"

秦思维："这附近好像有一家云南菜馆很不错，我决定中午去吃蘑菇。"

贾亦萱：？？？

处理完交通事故，已经在医院找了一圈，在这个最不可能找到人的地方成功找到人的喻可欣看完了这一场乌龙。

顾及那位病人的隐私，喻可欣没有选择出现。

但是，她对秦思维的了解又加深了。

又丧又颓，还躺平任嘲。

一个血气方刚的二十四岁小伙，面对别人毫无道理的指责，怎么会是这种"我要是多说一句算我输"的反应呢？

换作是她，即便知道那位护士是好心，肯定也会第一时间告诉护士她批评错对象了。

喻可欣超级无语。

她一定要告诉秦老板，人啊，不能这样活！不能这样过！

遇到事情，要积极沟通，勇敢面对，迎战它，直面它。如果有误会，你不解释不沟通，那误会要怎么才能解除？总是指望别人来解释吗？就像那位病人姐姐一样站出来说话一样？但如果那位病人姐姐也不想说话呢？那误会不就永远是误会了吗？

你努力，我努力，生活才能甜蜜蜜！

老板你真的需要我这样正能量的小太阳啊！

喻可欣觉得自己可能真的是上天派来拯救四海广告公司的元气天使，她现在已经无法想象没有她的话，秦思维这样的性格该怎么领导公司走下去。

行吧，她要努力改变秦思维这种半死不活的状态！

许是不想太过麻烦秦思维，贾亦萱当着护士的面打给了在大学上课的弟弟，让他过来接她回家。

她跟秦思维道谢，并在护士长的搀扶下，先回门诊的病床上休息。

确认人已经走远，喻可欣才走到秦思维面前。

"秦总!"

语气中还有没有褪去的决心!

秦思维被这一声饱满激昂的称呼给吓了一跳,回头一看,是他的新助理,罢了罢了,她这是又打了什么鸡血?

喻可欣问:"你怎么在这里?"

秦思维递给她取药单:"找取药窗口。"

"老板!你是不是不认识路?"

"认识。"懒散的语气里有一丝心虚。

"取药窗口在另一栋楼的另一个方向,一般来说按着路牌指示也不会走到妇产科来的。"

秦思维无言以对。

"去帮我拿药。"

回到公司,秦思维坐在重新恢复安全状态的办公室里,第一件事情就是通知卢思花,把喻可欣辞退。

收到消息的卢思花冲进总经理办公室,为了防止坐在办公室外面的喻可欣听到,她还贴心地带上了门,压低声音问:"为什么要辞退喻可欣?"

"什么为什么?她还在试用期吧?也别浪费彼此的时间了,她不合适,让她早点去找新工作。"

"不是试用期。我昨天就跟她签劳务合同了。"

秦思维沉默："她是你表妹？"

"不不不，秦总，我怎么会假公济私。"

"是你女儿？"

"哎哟秦总您说的，您又不是不知道，我就一个儿子才八岁。"

"你爱上她了？"

越说越不像话，卢思花委屈："秦总，是她很适合我们公司。"

"哪里适合？善于谋杀老板？"秦思维难得独裁起来，"对于总经理助理人选，我觉得总经理应该有一票否决权。"

当了这么久的老板，秦思维还从来没有开除过人，没有这方面的经验。

他不确定地说："我不管，我就要开除她。你查查开除员工是不是要给经济补偿？记得按劳动法规定的标准赔给她。"

卢思花为喻可欣惋惜，她是真的很喜欢喻可欣的性格，对喻可欣抱有很高的期待。她开口即将要说"好"，却见秦思维面露难色，她的心都提起来了。

是不是老板突然后悔，又不开除喻可欣了？

然而，事情没有最坏，只有更坏。

开了辞退员工的先例，秦思维解决了让他困扰好些天的难题。

"还有刘明，也通知他被辞退吧。"

"什么？"卢思花难以接受，还想再次替刘明争取，"秦总，刘明对我们公司非常忠诚，他是真的喜欢做这一行的，不能再给他一次机会吗？"

"花花姐，就是知道他热爱这份工作，但公司已经给过刘经理很多次机会了，况且，我自认为，我们已经对他足够宽容了。"

这两天他迟迟没有下定决心，对刘明到底要采取什么样的方式。

刘明热爱这个行业，可自身性格就粗枝大叶，几次质检都出现问题，给公司造成不小的损失。这次不仅是金额大，更影响了公司的声誉。

如果他实在不适合这个职业，空有一腔热爱也没有用。

"小老板，那也不至于把他开除啊。可以让刘明换岗，来人力资源部试试，我可以带他。"

秦思维："辞退谁你都要把人弄到人事部来吗？难道最后要其他部门都空了，人事部挤满员工？"

卢思花不再说话。

秦思维不把她的这种非暴力不合作放在心上，知道她对这个决定有怨气也无所谓，想了想继续说："快中午了吧，那等他们吃完员工餐再通知吧，显得人情味一点。听说今天员工餐加鸡腿了。"

卢思花："……"

也并没有觉得多有人情味。

处理完一直压在心头的事情，秦思维才注意到桌子上放着的小蛋糕。他伸出食指抵住包装纸盒，把它推到桌子的一边，然后身体向后靠着椅背，把脚搁在刚才放蛋糕的位置。

上午过得太充实，让他身心俱疲。

他闭着眼睛，指挥着 siri 给他哥秦立海打电话。

很快，电话就被接通。

"小维。"

秦思维不自觉地拖长音："哥——"

"吃饭了吗？"

"还没有。"

"工作很累？"

秦思维斩钉截铁："嗯，非常累。"

"那你关掉公司，回家来哥养你。"

秦思维的嘴角疯狂上扬："我也想。但关了公司，手下这群人怎么办？"

"让他们来我这里上班好了。"

秦立海很早就自立门户，现在他的名下有多家公司，遍布各个行业。

"那不行，坑谁也不能坑我自己亲哥。"

他公司的这帮人，干啥啥不行，混日子第一名，还是别去祸害他哥的公司了。他还指望着亲哥当他背后的靠山。

秦立海跟弟弟闲聊完,才问:"我听说,王总放在你这里的单子不能按时发货?"

"嗯。"说起这个,秦思维情绪一下子低落,"质检那边出了点差错。"

王总原本就是他哥介绍过来的潜在大客户。

因为四海广告公司的名不见经传,就算有他哥"背书",王总也很谨慎。初次合作,他只把要参加招商会的 3000 本宣传册交给四海。

秦思维本来还指望着合作顺利,后续王总可以追加订单数量。没想到,这才是赔了夫人又折兵,还把他哥带进坑里。

"王总对你发火了吗?"

"没有。"

秦思维抿紧嘴唇。

那算发什么火。

延期交货,不能赶上招商会,这些后续影响非常恶劣。

但王总顾及秦立海的面子,那时候也只是黑着脸,愤怒地表示再也不会跟他们公司合作了而已。

只是,他秦思维从小被捧在手心长大,生平第一次被人那么对待。再者细究起来,感觉又不是他犯下的错,所以当时有些委屈而已。

可事后想想,他是老板,是公司代表,本来就应该承担这种责任。

"确实是我们做得不对。"

秦立海没有多说，只是劝慰弟弟："没关系，我再给你介绍其他客户。要是工作不开心，你随时回来。如果放不下那群员工，大不了我给你找个职业经理人。"

秦思维轻笑出声："倒也不必因为我这个小破公司，去为难人家职业经理人了。"

结束跟哥哥的电话，秦思维心情轻松了很多。

"难以置信，我居然为了这群员工，放弃回家啃哥哥。"

秦思维快被自己的无私奉献感动哭了。

他脚踩桌沿借力，快乐得像个智障儿童般，转动椅子，玩了一圈又一圈，倏而停下，把椅子拉到电脑前，再次调出大厅的监控。

不能跑去外面对他们炫耀，他只能暗戳戳地对着监控画面得意扬扬："要是知道我为你们付出了什么，你们肯定又得跟当初那样子哭着对我表示感激。其实也不用你们回报我什么，只要好好工作，不要让我再掏腰包给你们发工资就好……"

下一秒，他的情绪逐渐低落，仿佛身体里好不容易升温的热血又慢慢变凉。

大厅里，有的摸鱼，有的溜岗，有的聚在一堆说说笑笑……

所以，不怪他对这个公司不抱期望。

　　脑子里再次浮现秦立海的提议——

　　"如果工作不开心，就关掉公司，一辈子不工作，哥哥也养得起你。"

Chapter 4

今天喻可欣社会了吗？——很社会！

午休过后，喻可欣敲响卢思花办公室的大门。

卢思花在 QQ 上通知喻可欣，让她来人事资源办公室一趟。字里行间，语气官方疏离，跟之前热情洋溢的卢思花判若两人。

喻可欣敏感地察觉到这些细小变化，因此，她内心七上八下，不断猜测这次谈话的主题会是什么。

敲门之前，她决定，不管谈话内容是什么，她都要主动出击。

心里有了底，喻可欣进门，乖巧地打招呼："花花姐。"

"先坐吧。"

喻可欣听话地坐下，率先开口掌握谈话的先机："花花姐，对不起。上班第一天我就给公司和秦总添了很多麻烦。我特别内疚！我保证，送秦总向日葵，是真心的祝福。向日葵代表勇气跟炽烈的热情，我希望秦总可以像向日葵一样，每天都充满活力！"

卢思花暗自点头，他们小秦总可不就是缺少热情嘛！

"哎，谁知道秦总花粉过敏。大概是我今天运气不好。"喻可欣恨不得去翻一下老皇历，看看今天是不是忌入职，"花花姐，要不这样子吧，我前三个月的工资都不用发给我，全部拿去赔秦总的医疗费跟修车费。"

"车？"卢思花捕捉到重点。

喻可欣眨眨眼——这事，花花姐还不知道？

她挤出充满懊悔的笑容，主动交代："我送秦总去医院的路上，不小心追尾了。"

看到卢思花瞪大的眼睛，她立刻举手发誓："不严重！真的不严重！没人受伤！秦总的车子就是被蹭了点漆，然后稍——微——"她右手大拇指跟食指比了一个非常窄的距离，丰富的面部表情搭配着轻重分明的语气，神奇地安抚住了卢思花，"凹进去了那么一点点。现在被拖去 4S 店维修了，我问过维修人员，保证修复如新！"

事情都交代完了，并且自己还积极认错、努力悔改，喻可欣觉得这一关应该可以过了。

没想到，事情的严重程度出乎她的意料。

卢思花特别为难，但仍然说出口："小喻，其实这些都不重要了。"

"怎么？"

"秦总让我通知你，明天你就可以不用来公司了。"卢思花放柔声音，"因为你工作时间很短，按照规定，公司只能给你半个月工资的经济补偿。至于医药费跟修车费，秦总说不用了。"

狠还是秦思维狠。

喻可欣只是计划着将来的三个月工资，而秦思维干脆连未来的三个月都不给了，更别说是工资。

后面的内容已经没什么重要的了，喻可欣根本没有听进去。

她双眼呆滞，满脑子都是难以置信的"人生开局第一份工作，上班仅仅才一个上午，我就被光速辞退了"的一行大字。

还有谁比她更惨!

爸爸!

妈妈!

你们的女儿失败了!

我真的只适合去逛街做指甲买包包吗?

苍天啊! 大地呀!

一切就这样结束了吗?

我的老天爷! 不是说好我是你派来拯救四海广告公司的救星的吗?

喻可欣平生头一次体会到了什么叫万箭穿心，万念俱灰，万千思绪乱成一团麻。

然而，她是谁?

她是天底下热量最足的小太阳！如果她都能这么轻易认输，那世界还有什么光明存在？！

新时代独立女性，就是打不死的小强！站起来，欣欣！

喻可欣只用了不到五秒重塑了被秦思维的决定摧毁的意志，转而言辞诚恳："花花姐，这是我人生中第一份工作，对我来说意义很大，所以，能不能再给我一次机会？我都还没有展现我的工作能力，今天的事情真的只是因为我运气不好。"

她这两天在家恶补办公必备的 Excel 知识，吸收网上各位前辈的工作经验，正打算在职场上大干一番……

"我也想给你机会啊。可是秦总已经决定了的事情，我也没办法更改。"卢思花越看喻可欣越喜欢，越喜欢她越难受越无奈。

喻可欣不抛弃不放弃："说不定秦总只是因为还不习惯有一个总经理助理呢。求求你啦，花花姐，我会努力证明我的个人价值的。"察觉到卢思花的松动，她大胆撒娇，"我真的好喜欢你，好喜欢我们公司。难道你不喜欢我，不想我留在公司吗？"

如果你说不想的话，那就当我没这么问过。

好在，卢思花是个好人。

"我当然喜欢你！你就像个小太阳，元气十足的，看到你我就开心。"可她不是老板，她喜欢有什么用，"我也替你求过情，可老板不答应。"

"哎，我们老板真是个难以捉摸的人。"喻可欣改变路线，遗憾地表示，"上午我还在医院里下定决心，要帮老板矫正他的个人习惯，让他不颓不丧，重新燃起激情。"

这话让卢思花眼前一亮。她摸了摸下巴："其实，秦总非常心软，从来没有辞退过员工。你是第一个，我觉得你可以去求秦总试试看。"

喻可欣："……"

听起来已经没有去求他的必要了。

能让秦思维下定决心，迈出开除员工第一步的她，到底是有多让秦思维讨厌呢？

可是，平心而论，她好像也没有那么讨厌他啊。

虽然觉得这个又颓又丧像个懒洋洋的阿拉斯加大狗狗的男人完全不是她欣赏的精明强干勇往直前的性格，但半天相处下来，却也感觉他人畜无害，似乎待在这样的人身边，有一种异样的安全感。

也许就是因为这种不知不觉的安全感，让他的员工们也格外放松，把公司当成了家一样的所在吧。

虽然只工作了几个小时，但细心如她，倒也看出来，公司的员工们比起他们的老板来，似乎工作不上心的程度只多不少，也稍微能理解一点秦思维的颓了。

只是，她还在努力地思考怎么样让这种老板影响员工，员工影响老板的相互恶性循环中止呢，就不给她机会了吗？

卢思花仍在爆料："这两天都没看到刘明，那小子好像翘班了。老板在决定辞退你之后，又狠了狠心，跟我说要辞退刘明。"

开了杀戒，有一就有二。

子又生孙，孙又生子；子又有子，子又有孙；子子孙孙无穷匮也。

喻可欣很应景地默背一句古文。

"刘明是谁？"

"我们公司印务部经理，跟我同一批进的公司。人挺好，忠厚老实，就是工作有时候不靠谱了些，这次他又犯错了，让公司损失了十万多块钱。"

喻可欣了然："哦，那是该开除。"

空气一时安静，喻可欣默默地闭上嘴巴，不再嘴快接话。

卢思花只当没有听到，不动声色地跳过这些细节。

她想了想，说："要么你们一起去给秦总道个歉求个情？看得出来秦总他也挺纠结。"

开除员工还想讲究人情味甚至给午餐加了个鸡腿的老板，一定可以再挽回一下。

说做就做，她当着喻可欣的面打电话给刘明，毕竟怎么样都要告知一下他被开除的消息。

电话响了很久，一直没有人接听。

卢思花挂断又重拨，脸上担心的神色越来越浓重。

直到拨打第四次，刘明才慢悠悠地接起电话。

卢思花松了一口气："刘明，你吓死我了。我还以为你在家发生了什么事情。你要是再不接，我就直接去你家找你了。"

那头的声音含混不清，显然他还在睡觉。

"干吗？"

"我找你有急事，你醒一醒。"

"今天我调休，有事也别来找我。"

她忙着替他出谋划策，本人却一副无关紧要的样子。卢思花有些生气了："是你自己火烧眉毛的事情，我就是来通知你一声的。秦总说，他要开了你。"

"开了我？"刘明脑子还不清醒，下意识地重复，慢半拍地反应过来，嘿嘿嘿笑出声，"今天是什么骗人的日子吗？还是老板在跟我开玩笑，他怎么能开掉我？"

"都让我通知你了，还能是怎么开玩笑。"

对面一阵噼里啪啦，再次响起刘明的声音时，语气已经很清醒："老板是认真的？"

"嗯。"

"不是说我们公司从来不开除员工的嘛！"

因为卢思花用的外放，所以对话喻可欣都能听到。听到这里，她默默垂下了小脑袋。

是她打开了潘多拉的魔盒。

从开除她以后，小秦老板就要变身大怪兽了。

卢思花无语："这只是我们私下随便说说的而已，你还当真了，又不是法律法规。你要不要来公司一趟，除了你，还有一个被辞退的同事，我建议你们一起去跟老板求求情。"

刘明赌气："开就开吧，我无所谓了。你跟老板说，王总的宣传册我让人给送过去了，要是还有什么损失，就从我工资里扣。"

卢思花说："不是说延迟几天交货？"

"那不是我想办法尽力弥补错误嘛。"

为了减少公司的损失，他去印厂待了两天，自掏腰包请印厂全体员工吃饭，其间给厂长跟大师傅们塞烟，磨着他们给他插队，把重新开印的时间给提到了昨天。

"前天厂长一答应给我调时间，我就一个人把印错的封面一张一张撕掉。后来盯着封面印刷，又连夜陪着工人师傅把新印的封面一本一本重新装订上。"

两天没有合过眼，他累到差点脑溢血。

但这样一来，本来要用三天重做的宣传册，一天就完成了，公司的直接损失也从十万减少到了一万。

他让人把货送到王总公司，自己再也撑不住，回到家里睡觉。

原本还打算，等他睡醒就跟老板说，掰回老板对他的负面印象，没想到迷迷糊糊就收到了个晴天霹雳。

他现在丝毫没有睡意，明知道是他的错，可就是感到很委屈。

刘明打肿脸充胖子："正好，我也可以安心地睡觉了。"说完，就挂断电话。

人事办公室里是长时间的一阵沉默。

喻可欣咽了咽口水："刘经理这是在说气话吧？"

"嗯。"

"既然刘经理的问题解决了，那是不是就不用被开除了？"

卢思花皱眉："秦总辞掉刘明，也不是单单因为这件事情。况且，虽然刘明尽可能地挽回损失，但这件事情已经通知了王总。我们出的错误被捅开，对方已经表明不跟我们公司继续合作了。"

"那如果再加上挽回王总对我们公司的印象呢？"喻可欣快速转动小脑袋，跃跃欲试地提议，"我觉得每个公司都会面临大大小小的危机，但要是我们处理得当，那危机也会成为公司发展的转机。现在我们应该当面去找王总道歉，跟他解释清楚事情的来龙去脉，再着重强调我们公司对这件事情拿出的后续解决办法，也许王总会对我们解决问题的诚心和能力留下深刻印象，反而刮目相看。我爸常对我说，做错事情不可怕，凡事都有两面性，而事情的走向往往取决于你看到的是正面还是负面。比如你看像这次，我们大家团结一致，其实是有能力克服困难的。如果克服和解决了困难，那坏事就会变成好事，不是吗？"

喻可欣小嘴嘚啵，提出的建议让卢思花越想越觉得有可行性。

嘿，她发现喻可欣真的是个宝藏，就算喻可欣干啥啥不行，可绝对是天字第一号"煲鸡汤"小能手！随随便便一锅"鸡汤"又香又浓健脾补胃！

他们小秦总，可不就是需要天天喝"鸡汤"嘛。

对！小喻说得对，不能这么轻易放弃，秦总需要她，公司需要她，自己还要再努力一把！

卢思花振作了，燃烧了，她感到长久以来压抑在心底的激情重新被点燃了，全身都暖洋洋的。

好！我们再努力一把！

见卢思花已经心动，喻可欣立刻请缨，表示愿意去王总公司道歉。

"花花姐，我去找王总的这件事情还是先别告诉秦总吧。如果成功了，皆大欢喜，给秦总一个惊喜。如果王总依旧生气，那我们也已经没有什么可以再损失的了，告不告诉秦总也都无所谓。"

没错，事情有了一线转机，她就能全力以赴把它彻底打开局面！

小欣欣冲呀！

秦思维伸了个懒腰，从睡梦中醒过来。

也许是照顾过敏的他，今天居然没有人来找敲总经理办公室的门，让他可以安稳地睡了一个差不多三个小时的午觉。

他起身打开门，目光扫到正对门口的那个工位，很好，那个新来的工作狂魔已经不在了。

秦思维在心里夸奖了一下花花姐的办事效率，想了一下这两天好像也没看到刘明。

比起让他退避三舍的喻可欣，开除刘明让他的良心稍微痛了一下。

不过连公司都会倒闭，现在被辞掉也没什么大不了。

此时，被认为已经辞退走人的喻可欣，按照刘明提供的王总公司的地址，来到了龙腾公司的前台。

她有一点点忐忑地等着前台小姐姐的通报。虽然她一向脸皮厚，没什么面子负担，但毕竟第一次做这种公关工作，还是在心里做好最坏打算，琢磨着要是王总不愿意见她的话，她就厚着脸皮在门口等到他下班。

总之，今天无论如何，一定要见到王总!

只要见到王总，她就成功了一半!

好在王总是个善良的人，一听到通报，立刻就同意见她一面，让她不至于陷入持久堵人的局面。

喻可欣深吸一口气，给自己加油。

她脸上扬起阳光自信的笑容，昂首挺胸地拎着手上的礼品盒，在前台小姐姐的指引下，走进王总的办公室。

王总是一位儒雅的中年男士，办公室装修风格与他自身气质吻合，素淡风雅，待客区的红木茶几上摆放着一套茶具。

喻可欣不动声色地环顾四周，快速收集到信息，想着手里拎着的茶砖，她脸上的笑意加深。

看来这份礼物是没有买错。

"王总您好，我叫喻可欣，四海广告公司的总经理特助。"为了避免让人觉得她人微言轻，分量不够，她把自己的职位稍微改动了一小下，"您叫我小喻就好。"

王总点点头，神情严肃，只是示意她坐沙发上。

他决定不再跟四海广告公司合作，也就不太想跟他们见面，只是碍于秦立海的关系，还是抽空见一下，彼此不至于搞得太难看。

等她入座，他也没有起身来待客区的沙发，仅仅只是转了个身，面对着她。

"你来是有什么事吗？"

喻可欣这是第一次见客户，没有对比就没有伤害，她丝毫没有意识到现在她在被冷处理。

她心态很稳，还因为王总愿意搭话而开心。

"是这样的，王总。我们秦总本来是要亲自登门拜访的，可是今天，他办公室里被新同事放了一束花，秦总他花粉过敏，全身长满了红疹子，现在还在医院里挂水，所以才委派我来，代表我们公司，给您道歉。"

喻可欣先大胆地出卖秦总糗事，间接说明秦总不能亲自来道歉的原因。

果不其然，王总的神色稍微缓和了下来。

喻可欣见状，立刻乘胜追击："其实秦总非常重视贵公司跟我们的合作。这次因为质检人员的失误，导致合作过程出现一些不愉快，秦总他非常自责，一直在想办法，希望能够尽力把对龙腾的负面影响降到最低。"

说着，她从包里拿出一本宣传册样品，双手捧着，优雅起身，端端正正将宣传册放在王总面前："为此，我们质检经理亲自去印厂跟工人师傅们一起熬了两个通宵，您看，新印出的 3000 本宣传册已经送到龙腾了。不知道王总看没看过我们做的宣传册？"

王总忙着处理别的事情，还真的没有看过宣传册。

他接过宣传册，仔细翻开，突然眼前一亮。

别看四海广告虽然是家小公司，但出来的成品真的很不错，设计很好看大气，风格端庄又不失时尚，整本宣传册看上去很高档，很符合他们龙腾公司的定位。

龙腾公司是一家在业界做得不错的老牌公司，虽然近年发展势头不减，但也因此有了一些保守的印象，王总一直想在宣传这块有所改变，让更多的人认识到龙腾公司不仅是一家产品过硬，同时也是一家始终走在时代前端的开创型公司，这也是这次他接受了秦立海的建议，把宣传册委托给四海这家小公司的原因。

因为秦立海说，他的弟弟秦思维，是一个脑子非常活跃，审美非常高级的年轻人，而他也很期待这种突破和改变。

然而没有想到，四海广告公司一出手，就犯了这么大的失误，差点误了大事。

虽然后来只耽误了一天时间，但他也感到不满，本来不想再合作接触了。

然而这个小助理上门一番说辞，再加上宣传册的设计制作完全超出他的预期，真正做到了他想要的稳中求新的大牌公司的感觉，心里仅有的一丝不快，顿时就消失得干净。

想起之前秦立海的那个弟弟秦思维，也就是四海广告公司的小老板亲自给他打电话道歉时那诚恳认错的语气，以及自己冷言无情地挂掉电话，王总甚至生出一种隐隐的愧疚和不安来。

他对年轻人是不是太苛刻了点？

何况对方是秦立海的弟弟啊！

想到这里，王总合上宣传册，问喻可欣："你们质检经理去印厂熬夜？"

这是想听刘经理如何通宵达旦戴罪立功力挽狂澜的故事啊！

喻可欣立刻安排。

她回想以前在电视里看播放劳模感人事迹时的套路，立志将刘经理的光辉形象再渲染几分。

"是，其实这次的失误就是刘经理造成的。他知道这次合作的重要性，出了差错之后，他都不敢到秦总面前说，而是在电话里认错的。秦总那时候既为这个错误生气，又因为刘经理的退缩而感到伤心。"

她中间还夹带私货，悄悄给秦思维加分："您知道吗？我们秦总家境不错，从来都是一帆风顺，没吃过什么苦。虽然他对印刷这行也不是很懂，但他真的有努力学习，亲自和厂长沟通要怎么最快速有效保证质量地解决问题。"

王总点头。他听过秦立海是个宠弟狂魔的风声，也因此在潜意识里给秦思维打上了绣花枕头的标签。这大概也是他一听闻出问题，立刻一秒也不想再给机会的原因。说起来，到底还是自己有些先入为主了。

"刘经理他给秦总打完电话就在公司里消失了，我们都不知道他去干吗了，还以为是躲着不敢见秦总。没想到，他居然是去了印厂，自掏腰包请印厂全体员工吃了两天饭，缠着厂长让他答应提前给我们重印。刘经理还不放心，在那里待了两天，亲自盯着印刷流程，又跟工人师傅们一起装订，两天两夜没合过眼，最后把这批货给送到贵公司了。"

喻可欣叹气："但刘经理因为太自责，已经决定做完这一切补救工作后引咎辞职了。"

好的，讲故事就是要讲完整，稍微改动一点点剧情应该也不影响什么吧！

喻可欣可不是那种书呆子啊！她是带着任务来的，完成任务就是第一重要的！

王总盯着宣传册，越看越满意，之前的怒气已经消失得无影无踪："我很感动。虽然之前因为你们的错误，我也很生气。但知道你们公司可以加倍努力改正错误，反而让我有些感慨了。你放心，我以后会继续和四海合作的。这样的公司，我相信你们会越来越好。"

"那王总，您可不可以打个电话给我们秦总说一声。"喻可欣得了便宜还卖乖，"我们老板因为太过自责，已经一天没吃没喝了，现在他还是个一直打喷嚏流眼泪的过敏病人。我们公司全体员工都很担心他，恨不得替他多吃几口饭。"

王总被她最后这句话给逗乐了。

他爽快地答应："哈哈哈，你放心，我肯定打电话慰问小秦总。其实小秦总还是很不错的，勇于面对，没有架子，不像有些年轻人，家里有点钱就飘上了天，做错事也不敢面对，只会死鸭子嘴硬。年轻人嘛，犯点错误没关系，能及时改正才是最重要的品质。我会告诉小秦总，我很看好他的公司，以及很喜欢他的员工。"

得到准话，喻可欣很开心，最后递上买的茶砖小小地拍了个马屁："那王总，宝剑赠英雄，茶砖送雅士。这是我们公司的一点小小心意，是今年新上市的云雾茶，希望您能笑纳。"

出了龙腾公司，喻可欣喜滋滋地回忆了她刚才的表现。

嘿嘿嘿，顺利完成任务！

欣欣姐觉得自己今天也很"社会"。

下午，天气转阴。

秦思维吃了医院开的药，正躺在办公室的落地窗边，望天发呆。

王总的电话就是在这个时候打进来的。

秦思维看到显示屏上的人名，没有立刻接起来。

王总现在还打他电话做什么？难道是觉得宣传册太过重要，想来想去还是气，所以继续来朝他发火的？

嘤，当老板好惨，还得挨骂。

秦思维自怨自艾，认命地接起。

"喂，王总。"

"小秦总。"王总的声音这次非常友善，让秦思维感到诧异，"听说你花粉过敏，全身起红疹了？"

所以？

秦思维："王总，你消息真灵通，这都知道啊。"

"哈哈哈，你家特助说的。没想到她连这个都说出来了吧？"

特助？他哪里来的特……

等等，秦思维的目光瞬间穿过玻璃墙，瞄准喻可欣的位置。

他曾经有一个助理，要是没猜错的话，应该是她？

她又去干了什么？

秦思维提着心，含含糊糊地应承："她偶尔有点话痨，嘚啵嘚地就能说很多有的没的。王总，要是她说错什么话，你别放在心上。"

"没有的事！你的特助人很好，能说会道，处事还大方，我很欣赏她。"

秦思维稍稍放下心："哈哈哈，你不怪罪就好。"

王总进入正题："小秦总，前两天我向你发火了，现在在这里跟你道声歉。"

嗯？什么情况？为什么不是继续骂他不学无术只会靠哥哥吃饭，反而是向他道歉？

"哪里，王总你发火是对的，这件事确实是我们做错了。"

"敞亮！小秦总，我现在不生气了，也不追究损失了。这次的宣传册做得我很满意，送来的茶砖我也很喜欢，心意我都收到了，我和你哥也算是兄弟一样的感情，你是你哥的弟弟，那也就是我的弟弟，以后咱们好好合作。还有啊，你那公司虽然小，但是有这样的一群员工，我相信你们四海广告会发展得越来越好的。"

秦思维："……"

秦思维恨不得立刻把喻可欣拎到他的面前。

这到底是在说什么？他一个字都不懂。

王总为什么突然就不生气了，还不追究损失了？为什么突然态度大转变，这简直比骂他还让他心慌。

公司有外面那一群正在浑水摸鱼、偷懒耍滑的员工，为什么还会越来越好？

秦思维只能硬着头皮："谢谢王总，你太过奖了，我知道我们做得不好……"

"哎，小秦总。"王总以为秦思维还在客气，"虽然我们都希望合作能够不出差错，但我更看好一家犯了错误但努力挽救的公司。你的团队很不错，有这种犯了错误不推脱勇敢担责的员工，有这种把公司利益放在第一位的员工，我真是看了很感动。

"总之，我对那 3000 本宣传册很满意，期待我们双方以后更多的合作。小伙子加油。对了，以后你叫我王哥就行了。"

被夸得一头雾水但又有点飘的秦思维："谢谢王哥的夸奖，我们会更努力的。"

　　秦思维愣在原地，反复琢磨王总的话。

　　他转手又打电话给卢思花："刘明把宣传册印出来了？我怎么不知道？"

　　"哦！秦总！"卢思花恍然大悟，"刘明去印厂通宵了两个晚上，本来准备睡醒告诉你的，但他睡醒就收到了被开除的通知，可能就没有告诉你了。"

　　秦思维总觉得花花姐这是在内涵他。

　　他抿抿嘴，认真听卢思花说清楚这件事情的前因后果。

　　"那王总说，喻可欣去龙腾公司道歉了？"

　　"是啊。小喻知道刘明把宣传册送到龙腾后，就自告奋勇说要去龙腾。反正不管王总愿不愿意原谅我们，都不会比现在更精糕。"

　　听着这句话，就能想到当时她这个人的神态是有多积极进取了。

　　卢思花："老板，王总原谅我们了吗？"

　　秦思维不好意思地轻咳："嗯，说以后会跟我们继续合作。"

　　不止这样，王总还夸人了。

　　夸得还怪用力的，让人怪不好意思的，但还是超开心的。

　　王总以后会是他心上非常不一般的人了。

　　自他接手公司以来，王总是第一个冲他发火的人，也是第一个过来夸奖他的人，冰火两重天的滋味。

　　啧，有点点受宠若惊。

不过，刘经理确实出乎他的意料，没想到这老小子还有这一手。

怎么不早说？这不是陷害他吗？搞得他跟不近人情的恶霸老板似的。

说曹操曹操就到，玻璃门被敲响，推门进来的是刘明。

秦思维双手抱胸直视他，像是要重新认识他一样。

刘明："……"

老板这样赤裸裸的目光，让他如芒在背，忍不住瑟缩了一下。

老板你不要这样看着我，我的脸会变成红苹果。

哼，反正都被开除了，还怕什么。

刘明用力地挺起胸膛："秦总！我想了一下！我认为，大老爷们要有担当，所以我还是当面来跟你认错。

"我知道我自己性格有缺陷，从小我数学就没得过 100 分，撑死 99 分！那时候老师家长都说我，很粗心！久而久之，我都已经习惯，'粗心'这两个字好像就是印在我骨子里了。就这样不细心的我，能得大家看重，负责质检。其实每次我检查都挺害怕的，怀着是十二万分的小心，但……出错了就是出错了！

"我可能真的不适合做这行，你开除我的决定，我没有异议！"

他低头："对不起，秦总。给公司造成的损失，我愿意全部承担。另外，我把过程详细写成了报告，已经发到你邮箱了。再见！"

这段话在刘明心中演练了无数遍，还对着镜子练习过了，所以说出来的时候一气呵成，如行云流水，一点都不给别人插嘴的机会。

秦思维很多次想打断刘明，都被迫不能开口。

于是他就等着刘明，把这一段自我分析给说完，也趁机整理好语言，等下说得可以更周到一点。

但，谁能想到，刘明说完就立刻转身如离弦之箭般嗖地射出去了，似乎是不能忍受在这间办公室里多待一秒钟。

秦思维："……"

刘经理这是吃了什么药了？以前也没发现他是这么雷厉风行的一个人啊？

秦思维无奈地摇摇头，站起身想去查看邮箱里的报告，结果听到大厅里很是热闹。

秦思维迟疑着拨开百叶窗帘，透过玻璃窗偷偷地往外看。

大厅里的人虽然都坐在自己的座位上，但目光全都看向同一个人——站在他们中间的喻可欣。

此时，她手里拿着之前设计的四海广告公司吉祥物玩偶，招呼着大家做操。

做……操？

是的，做操，就是小学生课间的那种。

只见她让大家在工位间站好，而她面对着大家，高举着那只玩偶，热情高涨地喊着让人鸡皮疙瘩起一身的口号："四海一家，老板最佳！"

小声音脆脆的，啧，好像还带着新鲜小刺儿的嫩黄瓜，一股清新的感觉扑面而来，瞬间觉得新风系统都被比下去了。

一二三四，一二三四。

更可怕的是，那些平时恨不得在工位上铺上十床棉被好舒服地躺下个个都喊自己腰椎间盘突出的员工，此刻一个个笑容满面，激情四射，毫不吝惜自己的腰椎间盘，一个个左转右转向天伸展动作带感仿佛不是在做操而是在蹦迪，最夸张的是，喻可欣喊完那句脆生生的肉麻口号后，紧接着，办公室里所有人都回应了一句。

"四海一家！老板最佳！"

妈呀！

秦思维躲在窗子后面差点一屁股坐到地上去，他从来不知道二十来个人能发出这么震撼人心的声音！

他感觉到自己被震撼的不仅是耳膜，还有心灵！

发生了什么事？

他们想对他做什么？

秦思维惊恐地抱着自己偏瘦的身体用尽全力转动他的脑子。

不对，有阴谋，绝对有阴谋。

啧，溜须拍马！

没错，他们在集体溜须拍马！

他们想用这一招，来中止他迈向咸鱼人生的欢快步伐！他早已看穿一切！

可秦思维刚想通这一节，准备重新修整自己的内心防线，把它修得固若金汤，不让这些怀有明确目的的家伙攻进来时，下一秒，他被喻可欣脆生生喊出的第二句口号再次击中。

这一次，秦老板的脸从红变成了绿，从绿变成了紫，又从紫变回了白。

他百感交集，内心郁结，不吐不快。

"我为老板，他为大家！"恨不得跳起来比个"耶"！

喻可欣太满意了，她就小小动员了一下，大家就这么配合，看，精气神完全不一样了吧！

老板也一定会被感染的！

员工们跟着喻可欣凑热闹，尤其这一句深得他们的心，他们用了比上一句更足的中气吼出来："我为老板！他为大家！！！"

秦思维捂着脸蹲到地上。

他想对大家说，后面这句大可不必。

余光中看到花花姐居然站在角落，正看向他这边。

秦思维立刻收回扒窗帘的手，嫌弃地回到电脑前，他才不想多看这种肉麻兮兮的场面一眼。

但他没有发觉，他眼睛里的笑意已经快要承载不下。

秦思维靠着椅背，手抚上胸口，一种从来都没有过的熨帖感觉，正流过心头。

这时，聊天窗口弹出卢思花的消息，并发来两个文件。

卢思花："老板，刘明跟喻可欣的辞退书已经签好了。麻烦你审核一下，没有问题的话，我这边可以盖章了。"

秦思维扶额，花花姐绝对是故意的。

他回复："算了，别辞退了。"

虽然他敢肯定，以后外面的大厅会被喻可欣带歪画风。

电脑另一边，卢思花露出老母亲般的笑容，立即就取消了文件的传送，目光看向站在门外往里探头打探消息的喻可欣。

她歪着脑袋，双手捂脸，偷偷分开手指，给眼睛留出偷看的缝隙。

真是一个活泼生动的小姑娘。

看到卢思花对她比出的剪刀手，喻可欣高兴得快疯掉。

"哇！太棒啦！"她蹿进来，把卢思花拉起来跟着她一蹦一跳，"我不用被辞退了！今天是我最开心的日子！"

Chapter 5

改革春风吹满地，四海也能争口气。

开心的不只是喻可欣。

秦思维再一次单手叉腰，理直气壮地站在玻璃墙前，扒拉开百叶窗的一道缝隙，观察着大厅内的情况。这几天他时常因为心有疑虑，而站在这个位置偷偷摸摸朝外看。

专心探索答案的他，并没发觉这样子的举动，与年少时期最讨厌的班主任躲教室门外偷看同学上课情况的行为一脉相承。

工作时间，大厅里的员工们大多坐在工位上，腰板挺直，表情认真地面对着各自的电脑屏幕，这个场景怎么看怎么都是风风火火的"四海公司内部辛勤工作图"。

也难怪秦思维要花几天时间，来接受一下这个陌生又意外变得有些可爱的公司。

秦思维的目光不由得转移到因为伫立在设计部那边而变得很显

眼的喻可欣身上。她站在林美芽身边，正一边指着电脑一边用夸张的手势跟林美芽讨论着什么。

也许是经过他的提醒，她后来没有穿很有仪式感的职业装，此时就是普普通通的白色卫衣加牛仔裤的装扮，却还是轻易让人从她俏皮的半丸子头，过于灵动的表情，以及花里胡哨的比画间感觉到一些活力。

活力。

他就说，外面大厅的画风会被喻可欣带偏。

现在，大家已经不再是死气沉沉的样子了。

这还真是，改革春风吹满地，四海也能争口气。

办公室的门被人敲响，不等应答，门把手就发出被人转动的声响。

这么自觉不见外，一定是花花姐无疑。

偷窥中的秦思维如触电般立刻收回手，跳着往后远离了玻璃墙，他双手插兜快速转了个身。

"秦总，你这是在干吗？"

卢思花下意识地看向那张老板椅，发现上面没人，才在离办公桌不远处的一小块空地上，发现难得站着却不知道在干什么的秦思维。

恰好，秦思维现在是面对着窗外，他清了清嗓子，电光石火间总算想到了一个借口：

"正在看天气。"

"你是有什么事吗？最近气温一直在回升，太阳也挺好的。"

秦思维接过卢思花递来的合同，很自然地接话："那你看看下周哪天天气好，组织一次团建活动吧。"

"团建？下周？"卢思花错愕。

公司每年都会有团建活动，但之前的流程不是这样的。

秦思维不怎么爱管事，所以团建也都是卢思花在一个没有秦思维在内的公司职工群里跟大家商量好去哪里玩什么之后，才做出一个策划表交给秦思维。

基本上秦思维象征性地翻一下，让他们注意安全，就会批准。

而他自己，用"我怕大家怕我，玩得不尽兴"的理由，堂而皇之地在家宅着休息。

看，这不就可以少一天的上班时间了吗？

秦思维并没有领会到卢思花为什么惊讶，他解释："天气好嘛，就当是一场春游，给大家放松一下，就在周边地方玩一天就好了。最好下周五，玩得累了周末还能在家休息。"

他这么贴心的老板也不多见了吧！

"行，那我等下就去查查地方。"

"多找几个，到时候让我选一下。"

卢思花难以置信，小秦总这次对团建活动有着极其强烈的参与感呀。

秦思维："你以前选的团建地方我都去过了，这次最好挑个好玩的地方。"

这句话的信心量，让卢思花的脑子差点就处理不过来。

这次团建，小秦总的意思是……要一起去?

以前他不去，是因为那些地点他去过并且觉得没意思，不值得再去一次?

那被他大义凛然挂在嘴边的"我怕大家怕我，玩得不尽兴"是借口吧!

卢思花从秦思维办公室里出来，就撞上了坐在门口位置的喻可欣笑意盈盈的目光。

"花花姐，什么事情这么开心?"喻可欣的声音元气满满。

卢思花并没有隐瞒好消息："小秦总刚才说，下周我们公司组织员工团建。"

职场乡巴佬喻可欣意识到这是个值得开心的消息，但并不是很懂到底是什么意思。

"团建是什么?"

卢思花压低声音："在我们公司，差不多等于放假春游。"

"哇！"喻可欣非常快乐，"居然还能春游！上班也太好了吧！秦总真是个好老板！"

卢思花：这孩子……春游一场，也没必要这么激动吧。

卢思花不知道，在喻可欣的人生轨迹中，春游只频繁出现在小学时光。

初中学校提倡学生人身安全，高中时候她学业繁重，于是也就没有什么春游踏青活动了。

所以，在别人眼里平平无奇的团建活动，对喻可欣而言，是今日的快乐源泉了。

喻可欣望着总经理办公室，企图让感动的视线穿过玻璃墙，直抵秦思维的桌前。

"秦总人太好了，还这么体贴员工，这是什么神仙老板！"喻可欣大声赞美。

她查到的职场规则第二条，背着人的夸奖比当着面的夸奖更让人开心。但，如果可以让别人知道你居然和别人在夸他，他会特别开心！

所以，只要她夸得够大声，坐在办公室里的小秦老板就能听到她真情实感的彩虹屁了。

"秦总人帅心善，成为四海员工的我好幸福！今天又是想为公司抛头颅洒热血的一天！"

"团建让我们更有干劲，老板真是个管理奇才，你好我好大家好！"

喻可欣自以为夸得三百六十度无死角，自得其满的她很想问问秦思维，听到这顿吹捧，开不开心！浑然不知，秦思维已经被魔怔了的狂热上班族吓到不敢走出办公室。

他的办公室，隔音效果差到让他想立刻找个施工队，要么来加装隔音墙，要么用水泥把喻可欣的嘴巴给糊上。

如果你很期待一个日子，那么那个时间就会很快到来。

团建活动日的周五，一辆大巴停在四海广告公司的楼下，喻可欣作为容易晕车一族，很被照顾地谦让到了第一排的位置。

她打了个哈欠，眼下虽然有一圈淡淡的阴影，但整个人还是因为今天的出行略微亢奋，心态犹如即将春游去游乐园的小学生。

卢思花在车厢过道上来回走动，带着一张花名册，核对已经到达的人数。

广告公司年轻人多，意味着纪律散漫。

良心可鉴，这句话并没有内涵谁，但绝对适用于四海公司的年轻人。

比如说，他们的老板。

卢思花终于对好花名册，坐回位置，带着一点点的抱怨口气跟旁边的郭元方说："这都已经九点了，小秦总怎么还没到？明明昨天还特地发他短信提醒他出发时间的。"

她坐在另一边的第一排位置，因为是靠台阶这边的，所以在喻可欣的斜后方。

喻可欣一手拿面包，一手拿牛奶，趁着没出发之前解决早餐，以防空腹坐车会晕车。

卢思花的话传到"小学生一日担当"的喻可欣耳朵里，让她下意识地撇撇嘴，对秦思维的迟到行为非常不认可。

三十多人等一个人，多等一分钟，就相当于集体的半个多小时。

以前老师的教诲言犹在耳，这得能多背几篇古诗，多做几道数学题了。

郭元方奇怪："小秦总不自己开车过去吗？"

"他说这次要贯彻不脱离群众路线。"

"最近他看《新闻联播》了吗？"这么官方的词居然也能被说出来！

卢思花没理会他，打开车窗，向外伸手挥了挥，对从商务楼里面缓缓出来的人影喊道："秦总，这边！"

确定对方看到并朝着这个方向走来，她才对郭元方说："你不觉得小秦总最近有变化吗？"

"什么变化？"

这就难倒卢思花了。

她不是善于剖析的文化人，发现那一点不一样还是因为女人的直觉吧。

不知道该从哪里说起，于是她装作没听到，闭口不提。

45座的旅游大巴除了最后几排差不多被坐满，整辆车乌泱泱的，关系亲近的同事之间叽叽喳喳聊八卦聊得忘我。

秦思维一上车，差点被吓退回停车场。

心血来潮想走亲民路线，但发现现实真的好难。

卢思花赶紧给秦思维指座——她不忘招聘喻可欣的初心，还是给他留了一个黄金宝座的位置的！

人都到齐，汽车缓缓发动。

秦思维走到喻可欣这排时，正好目睹她把最后一口面包全部塞在嘴里。

腮帮子一鼓一鼓的。

她低头认真整理垃圾袋，准备放包里等下车时候再扔垃圾桶。

结果一只手伸到她面前，她的视线顺着手臂往上——

"秦总。"因为嘴巴里面塞了太多东西，惊讶的声音有些含糊，喻可欣用手遮住脸。

"给我，帮你扔。"秦思维在她旁边坐下来，不客气地拿过她手里的垃圾，都不用离开座位，长臂一伸就可以放进在过道上的垃圾桶内。

喻可欣暂时忘记他的迟到，顺手发一张好人卡："秦总，谢谢你，你人真好。"

秦思维莫名想到那天她过度夸张的吹捧，逃避着她的视线，别别扭扭地回应："举手之劳。"

他像是躲着什么似的，迅速掏出耳机戴上，就算暂时不知道听什么歌，也要做出一副拒绝别人打扰的样子。

他，秦思维，耳机一戴，谁也不爱。

所幸喻可欣也没有要交流的意思，她调整座椅靠垫，拿出准备好的眼罩跟耳塞，一秒进入睡眠。

秦思维偷偷瞄着旁边，被她的干脆利落弄得有些讪讪然，似乎他方才的举动都在生动形象地诠释"自作多情"的意思。

在比冷酷无情的道路上，他秦思维输了。

路上汽车开得平缓，车内逐渐安静下来。

秦思维的眼皮慢慢无力地下垂，意识开始放空。坐车太容易让人疲倦，他完全不抵触地进入梦乡。

不过，大巴上座位的舒适度严重影响了他的睡眠情况。

秦思维都快以为，在车上睡着的他正在经历"鬼压床"，还是半边身子的鬼压床。

他皱着眉，左臂已经没有任何知觉，甚至夸张地觉得，左边肩膀上的重量快压得他心脏不能跳动。

他挣扎着醒过来，烦躁地转过头，不期然地看到一个脑袋瓜已经不客气地靠在他的肩膀上。

仔细一瞧，他黑色的薄外套上还有点晶晶亮亮的液体状痕迹。

？？？

这是怎么回事？

喻可欣都戴上眼罩耳塞了，为什么就不加个口罩！

他上次就应该请施工队拿水泥把喻可欣的嘴巴给糊上的。

混沌的脑子里一下子塞进很多弹幕，秦思维不留情面地将喻可欣的脑袋扶正，摆在靠椅中间。

但他的手一离开，喻可欣又很自然地靠过来。

秦思维动作极快，右手一挡，托住了她下沉的脑袋。

他不信邪，这次将她推向窗边，让她的脑袋靠着窗户。

但，还没等他在位置上坐正，喻可欣那宛如磁铁转世一般的脑袋又开始来寻找长在他肩膀上的磁极了。

而这一系列动作，并没有干扰到她的睡眠。

发麻的左臂，再加上衣服上那块已经感觉到有点湿的地方，让他的忍耐慢慢到达极限。

他用手指狠狠地戳了一下她的脸，暂时不提指尖滑嫩的触感，这个力道足以把喻可欣喊醒，以及在她的白皙脸上留下一个红印子。

脸颊顶着一点红的喻可欣晃了晃脑袋，捂着脸上感觉到痛的地方，把眼罩掀起来。

光线的变化，让她眼睛不舒服地眯起，在举起手遮光的同时，她还很自然地拭去了嘴角的湿润。

她直起身，看了看面前挡风玻璃外的风景，下意识地扭过头问身边的人："我们到哪里了？"

与身边一直盯着她的目光对上，喻可欣不明所以地歪了歪头。

醒来就发现老板一言难尽地注视自己，这是什么原因？

小小的脑袋瓜有大大的问号。

追本溯源，大脑皮层回放几秒前的场景。

她刚刚好像是靠着老板的肩膀，然后才坐直的。

再回放到更早几秒，她掀掉耳罩，然后，嘴角湿润，那不就是说……

她目光小心谨慎地扫视着秦思维衣服的左肩位置，果然发现了一点点口水痕迹。

喻可欣自暴自弃地靠着座椅靠垫，双手捂脸来躲避秦思维谴责的眼神，在手指缝间艰难吐出："对不起。"

两人之间的气氛凝固，喻可欣只能用无数小动作来掩饰因为没话说而带来的尴尬。

她收好了眼罩。

她偷偷摸摸吃了一颗糖。

她用余光偷瞄过秦思维，发现他目视前方后，拿出了一个随身小镜子。

她从镜子里看到了自己脸颊上的一个小红点，以及左脸上因为靠在秦思维肩膀上而被压出的一片红印子。

那一点小红印子在慢慢褪去，即便不明白它是怎么被弄出来的，但暂时可以不管，但左脸……

小秦总的肩膀瘦得有点硌人啊，他是不健身的吗?

秦思维听到这句话，气愤地瞪着喻可欣，最后一丝理智让他保持克制，不当面跟她对线。

他从衣服兜里掏出钱包，又从里面抽出一张卡，拿正，把卡正面上的"××健身"露在喻可欣的面前。

"什么?"喻可欣有点被吓到。

"对不起，我健身。"就是没有经常去而已。

秦思维的声音在她听来有点奇怪。她不确定地问："我说出来了?"

秦思维露出一脸看智障的表情。

喻可欣后知后觉地把被遗忘掉的耳塞给摘下来，她就说戴着耳塞，人总会变得不正常，连在心里随便想想的吐槽都被她说出口了。

两人之间一来二去的互动全落在吃瓜群众卢思花的眼里。

由于还隔着一点距离，听不清他们在说什么，但没关系，卢思花可以看图写故事，得出"小喻这么对秦总有好感，想要追求秦总了"的结论。

当喻可欣的脑袋靠在老板肩膀上时——

卢思花：哇，现在的小年轻追起人来，也是大胆直接不做作呢！老板虽然懒了点丧了点，但爹生妈养的这副皮囊还是很得小姑娘们喜欢的。

当秦思维没有留恋地推开喻可欣的头时——

卢思花：老板至今没有女朋友是有道理的。虽然这么做也没什么错，但小喻会受打击的吧。

当喻可欣跟秦思维重复以上的动作后——

卢思花：不愧是小喻，不愧是小秦总。小喻是不是没有追求人的经验啊，这样下去怎么能行？还是得我出马。

卢思花雷厉风行的做派让她立即拿出手机发微信给情感帮扶对象小喻。

喻可欣几不可察地往里挪了挪，缩在位置上不说话，她要自闭，最好隐形。

花花姐发来的微信，让她更想社会性死亡了。这么丢脸的事情还被花花姐给看到了？！

花花姐：小喻，花花姐支持你！别气馁！

喻可欣探出头，往后看向花花姐，收到她加油打气的手势。

喻可欣艰难地用微笑回以她的支持。

喻可欣：太丢人了，花花姐【笑哭.jpg】。不过，我缓一下就好了。

花花姐：别这么说，小喻。你这么大方坦率的女孩子，才讨人喜欢。不过有时候要注意方法，循序渐进。

喻可欣有点不懂这句话是什么意思。

职场人都这么高深莫测的吗？一件小事就能推测出这么深奥的道理来？

喻可欣疑惑，但还是受教了。

喻可欣：好的，花花姐，我记住了！

花花姐：嗯！花花姐以后会帮你创造机会的，我们慢慢来，老话说温水煮青蛙，还是很有道理的。我们不要操之过急。

喻可欣：嗯？

花花姐：不懂吗？没关系，花花姐到时候一步一步教你。

喻可欣又是满脑袋的问号。

这说的是，职场晋升的过程吗？花花姐给我创造升职的机会，一步一步脚踏实地，最后我就能到达人生巅峰。

喻可欣十分感激花花姐对她的提拔之心。

喻可欣：花花姐，你太好了，我特别爱你。

花花姐：没事没事，我也是难得看到有小姑娘这么喜欢我们秦总。你放心，女追男隔层纱，只要方法得当，你还是有很大成功的可能性的。

喻可欣：哈？！

这是说的什么大逆不道的话吗？

她怎么敢喜欢秦总！

喻可欣悄悄歪头看向隔壁。对！只不过是长得不错的咸鱼精罢了，她不配喜欢。

喻可欣飞快地澄清：我没有我不是我不配。花花姐，虽然秦总很帅很优秀，但我们的人生追求也不一样。现在我只想好好工作，让公司做大做强。

卢思花有些抑郁，是她跟小喻关系还是不够亲近吗？挑明了说，小喻不好意思了吗？

她为虚假膨胀的人缘叹了口气。

花花姐：哎，小喻……你这么说，花花姐就这么听着。

喻可欣：不，花花姐，我真情实意的，我是有理想有抱负的新时代独立女性！我要在这职场中闯出自己的一片天！

花花姐：那加油哦，小喻~！

这么轻飘飘的语气，显然是没有相信呢。

喻可欣双手捧着手机，痛心疾首，是花花姐看到了她睡梦中不小心靠在秦总肩膀上的行为，才觉得她想恋爱吗？

喻可欣欲哭无泪。那她可就太冤了。

昨天晚上，喻妈妈的"珠光宝气富婆局"又在老喻家开张了。

这么富丽堂皇的名字，其实就是她妈妈邀请了固定的牌搭子在家搓麻将而已。

至于为什么要被这么冠名，是因为喻妈妈的手气一直不好，每次搓麻将输得都最惨，有一次喻妈妈陪着喻爸爸参加聚会回来，没换衣服就去赶牌局了，结果就赢得其他三家都快统一战线斗地主了。

后来喻妈妈分析原因，得出可能是那天戴着的首饰多，财气在她身上。后来她每次搓麻都得要全副武装地戴上珠宝首饰。其他的几位牌搭子都是输不起的富婆，立刻也以最隆重的装扮来参加牌局。

也幸好，大家都是住在这片别墅区的人，要不然真怕出什么刑事案件。

不过昨晚，也许是其中一位富婆张阿姨身上的首饰压不住财气，把把都输，最后找了个理由说家里煲的"瑶柱海参汤"可以关火了，企图溜走保财。

可这种一说就能被戳破的借口根本唬不住人，正在兴头上的其他三位死活不肯散了牌局。可张阿姨坚决不想再输钱，其他三位动之以情晓之以理，都挽回不了她的决心。

陈阿姨劝道："赌场嘛，就是有输有赢。要不下次的牌局，我们愿意不戴耳环，还给你坐财神位。"

张阿姨翻了个白眼，要是没那个偏财运，怎么着都还是输。她不奢求下次赢，只求这次不继续输。

喻妈妈想用实际利益打动她："下次我们两家合作，我们家愿意给你让出五个百分点的利润。"

张阿姨也不想理，他们家卫浴一条龙厂家跟喻家的花布厂实在没什么做生意的可能。

这场拉锯战迟迟没有赢家，李阿姨直接说："要不你找个人来接你的位置，否则你走了我们也没法继续了。"

人生最悲惨的事情，三缺一绝对榜上有名。

但这都十点多了，谁还有闲工夫出来呢？

在大家僵持不下，认清现实，即将散场的关键时刻，喻可欣下楼找酸奶喝来了。

牌桌上的四个人喜出望外，张阿姨宣布喻可欣就是她的继承人之后，立即转身离开。

喻可欣："我……明天还要上班的。"

前段时间得知女儿已经找了工作的喻妈妈安抚："没事，妈给你请假。"

仿佛以前让女儿早点睡觉，保养皮肤的人不是她一样。

陈阿姨、李阿姨露出最和蔼的微笑："欣欣啊，打小就知道你是我们这圈孩子里最听话懂事的，人美心善还体贴。"

喻可欣认命，"搓麻四人组"重新上路。

但天不遂人愿，李阿姨收到信息，她老公感冒发烧，要她回家去陪着。

这个理由谁都不能拦着，珠光宝气富婆局再次垮掉。

喻可欣注意到情绪瞬间低落的她妈妈和陈阿姨，说出了让她第二天会后悔莫及的话。

"要不，我们斗地主？"

"斗地主是什么？"陈阿姨不解。

"就是打牌。"喻可欣三两下解释清楚规则。

喻妈妈有点心动，但——

"我们家里好像没有扑克牌。"

喻可欣："没关系的，我直接给你找个微信小程序，我们在手机上玩。"

三人转移阵地，从牌桌移到客厅，盘腿坐在沙发上。

这晚，喻妈妈和牌搭子阿姨捧着手机沉迷斗地主的世界无法自拔。

喻可欣动了动坐得僵硬的身体，试探着问："要不，今晚先散了？"

欢乐豆快输光的喻妈妈："不！我充钱！我还可以继续！"

陈阿姨："斗地主太有意思了！以后我们三缺一都不怕了！"

就这样，在清晰可闻的"顺子""要不起""飞机带翅膀""炸你""管上"这些背景音里，喻可欣看到窗外晨光炸裂。

通宵熬夜，喻可欣在车上怎么能不睡！但这一靠，就让她英名毁于一旦。

旁观喻可欣脸色变化的秦思维，往外挪了挪。

她的状态，看上去，又不是很正常了。

危险。

卢思花把这次的团建地点选在南城新开的一个湿地公园。说是公园，但是面积可以媲美一个景区，不仅景色优美，里面还有餐厅、酒店、疗养馆等一系列配套的休闲娱乐设施。

工作日，公园里的人没有很多，三三两两，在这个幽静的环境里，下意识地放轻声音。树木郁郁，鸟鸣深深，河面上的氤氲水汽让空气都变得清新好闻起来，一下车就能感受到城市氧吧有多舒服。

公司一众人下车后吵吵嚷嚷的，让卢思花扯了好几次高嗓门，号召大家聚集在她面前的空地上，安静地听她介绍今日的流程。

这番幼稚园老师管理一群不听话小朋友的情景，让一旁站在树荫下的秦思维肯定了，四海还是那个熟悉的四海。

按照卢思花制订的一贯流程，上午的时间用来参加团队游戏，以此增进各部门同事之间的熟悉度，培养团队凝聚力。

确认大家都清楚后，她拿出抽签桶，让所有人依次去抽签组队。

环顾一圈，卢思花锁定人群之外的秦思维，便凑过去邀请："小秦总，你不加入队伍里面，跟大家一起玩一下吗？"

秦思维被问住了，他从卢思花手中拿过流程表，查看上面的游戏。

第一个游戏是按裁判给出的要求，几个人一起摆姿势。比如"三脚两手"，那队伍里所有人不管叠成什么姿势，最后与地面接触的只能"三脚两手"。

第二个游戏是队伍成员站在一个相当于履带的大麻袋里，人站在"履带"里移动，一起冲完 20 米距离。

最后一个游戏是让人踩罐子走路接龙。

总之都是得丢开包袱，看上去还会有点狼狈的游戏。

秦思维默默还回去："我就做好后勤工作，给大家当个记分员吧。"

卢思花瞬间理解了他的一言难尽，也不勉强，等大家分组一出来，就直接进入正题。

喻可欣作为一个萌新，跟公司大多数的人还不是很熟悉，但她分到的队伍里有比较亲近的林美芽，同队里还有贾亦萱。

嗯？贾亦萱？

人流手术之后不是要休养一个月的吗？现在才过去多久？游戏比赛还能参加吗？

但喻可欣无法上前询问，因为之前在医院里，她是不小心听到的，贾亦萱还不知道那天她也在场。

跟喻可欣有相同疑问的还有秦思维。

贾亦萱的面色仍旧是不健康的惨白，这样的身体状况，能够允许她参与今天的活动？

他对公司员工只有一个大概的印象，比起来，贾亦萱可能稍稍熟悉一些。

不只是因为上次在医院里的碰面，她那个走路都摇晃打颤的样子，让人记忆深刻。

还有过去的几次，他因为忙着打游戏，耽误了下班回家的时间，留在办公室里直到晚上八九点钟，出来大厅会看到仍然坐在电脑前做事的贾亦萱。

试想一下，在人人都遵守"五点三十分下班，五点二十九分必须关电脑准备走人"的工作环境中，能够出现这么一位勤勤恳恳加班做事的优秀员工，秦思维得有多震惊！

他的公司难道有那么多的工作量了吗？那业绩为什么没有起色？

遇到的次数多了，他都反省"做老板不能这么压榨员工"，于是就去找卢思花，让她提醒贾亦萱，工作不要太拼，还是得注意身体。

卢思花当时的表情非常复杂："小贾就是工作狂，秦总，随她去吧，她工作她开心。"

是啊，随她去。

贾亦萱是在做外单，你说让她怎么劝？

至今仍不知道这个真相的秦思维，正在人道主义关怀员工，决定时刻关注贾亦萱，最好让她不要参加比赛环节。

游戏很快开始。

卢思花说明了这场比赛的规则，并让第一组的成员演练了一回合，确保大家都明白后，才正式开始。

喻可欣挽着林美芽的胳膊，两人目不转睛地围观场内参赛人员摆出的姿势。

"四只脚三只手一个背，有点刺激，我好怕到时候我的脑子转不过来。"

林美芽安慰："你放心，等下我们不止脑子转不过来，连身体都撑不了。"

一共六队，每队六个人，她们是第三组，眨眼间就该上场了。

"这个游戏我也想参加。"这么任性的话，一听就知道是秦思维说的。

他不在乎大家的反应，接着说："贾亦萱，要不然这场你休息，来替我掐表。"

被老板点到名，贾亦萱对上秦思维的视线，领会他的好心，从善如流地退出队伍。

卢思花莫名其妙，明明有邀请过他，明明她被拒绝了，他现在又想要加入了。

可转瞬又看到队伍里的喻可欣，卢思花也变得乐见其成，游戏拉近距离，这也算给小喻创造的机会了。

喻可欣全然不知道卢思花替她操的心，心情从"老板如此理直气壮不要脸"到听到贾亦萱被换出去之后的"秦总是个体贴民情的好老板"完成瞬间转变。

她笑脸迎人："嗨呀，老板，你是'zhui'棒的！一起加油啊！"

秦思维生怕她再说出什么，冷漠地"嗯"了一声，路过她，进入队伍。

自认懂得两人之间爱恨情仇的卢思花，又一次替小喻不值得。

　　游戏的过程中，秦思维跟队伍里的另两位男职员充分发挥了奠基石的作用，托着其他三个女生完成游戏。

　　本来流程进行十分顺心。然而，其中一环，需要秦思维单脚站立，喻可欣则两脚都得踩在他的脚上，还得扶着旁边队友。

　　秦思维肯定他的脚晚上绝对要肿。

　　他不禁问："你多重？"

　　因为要固定住姿势，所以扒拉在秦思维身上的喻可欣："……"

　　每当觉得老板人很好，他总会"狗"一把让她认清现实。

　　秦思维二次发出暴击："健身吗？"

　　很好，他把在车上的那个对话还回去了。

　　喻可欣忍无可忍："要是我太重，下一回我来撑你好了。"

　　秦思维没有不好意思，反而觉得这个提议还不错。

　　下一节，喻可欣被分到两脚站立，秦思维得一只手撑地。

　　不知道是为了证明什么，秦思维立刻平板支撑，而后撤掉一只手。引得围观群众赞叹连连。

　　喻可欣撇撇嘴——就你健身，就你会单手平板支撑？

　　她在秦思维侧面蹲下来，双手托着秦思维的腿，把他的脚举到离开地面。

　　固定五秒不变后，挑战成功。

　　秦思维站起来，拍拍手上的灰尘，得意地说："嗨呀，你是'zhui'

棒的！一起健身啊。"

这人还有完没完？

喻可欣的白眼快翻上天了。

卢思花意识到秦思维是在对贾亦萱献殷勤，是在第二个游戏环节的时候。

她跟大家介绍完六人要在一个由麻袋做的"履带"里，慢慢移动着一起走到终点，秦思维跳出来说："麻袋里装六个人是不是有点挤？要不然这轮派个人轮休吧。每个队伍派五个人参加。"

如果就这样子的话，大家都感觉不到什么特殊。

但秦思维毫不掩饰地宣布："贾亦萱接着替我掐表吧，我就做个观众。"

卢思花情不自禁地看向喻可欣。

同在一个队伍内，有的人独得老板青眼，有的人主动对老板微笑，还被老板无视。

太惨了。

活跃在八卦第一线的卢思花，接下来就将探究的目光对准了秦思维和贾亦萱。

果然，小老板经常盯着高冷如女神的贾亦萱，看她擦汗喝水掐秒表，表情认真程度像一个爱到深入骨髓的痴汉。

而她看好的喻可欣，在麻袋里涨红着小脸，发丝被汗水打湿凌乱地贴在脸上，形容狼狈地跟队友一起并肩作战。

对比极其惨烈。

原来小老板追起人来，相当主动，相当"霸总"，并且相当明显。

第三轮游戏，霸总秦思维继续搞特殊，代替贾亦萱参加。

只要眼睛不瞎的人都觉出一点点猫腻来。

林美芽捂着嘴，偷偷跟喻可欣八卦："漂亮的人就是有特权。你说咱老板是不是喜欢萱萱了啊，这么维护她真的是……太帅了。"

喻可欣压下"众人皆醉我独醒"的优越感，在这场八卦舆论中非常淡定。

但她不能暴露任何消息，只好缩着脖子咬回耳朵："我跟老板不熟，不太清楚这是什么路数。"

"但我从没见过老板对其他女生这么热心过。"

喻可欣："不过，其实老板心地挺善良的。"

职场规则第三条，在任何工作场合中都要坚决拥护老板形象。

社会人喻可欣坚决执行到底。

况且，她给秦思维发过那么多张好人卡。

如果秦思维能听到喻可欣的这句夸奖，这回他会认领得理直气壮。

忙活了一上午，收获贾亦萱的一声谢谢以及其余所有人的八卦眼神，秦思维终于维护了一个员工的身体健康。

他，老板界良心。

没等他膨胀太久，卢思花避开其他人，靠近他问："秦总，你知道小贾有男朋友吗？"

"好像听说过。"

这种语气未免太坦然了吧。

"小贾跟她男朋友大学时候就在一起了，这些年下来感情很稳定。听小贾说过，现在小伙在做销售，长得俊，业务能力还很好。以前还经常来接她下班，两人郎才女貌的，站一起特别般配。估计没多久，我们应该能收到他们的喜帖了。"

秦思维："哦。"

就这？她说了一大堆话，就这反应？！

卢思花展开对老板的思想品德教育："那个，老板，两个人的爱情故事，最好不要有第三者，有也只能是人家未来的孩子。"

秦思维越听越觉得话里有话："干吗跟我说这个？"

见他冥顽不灵，卢思花豁出去，咬咬牙把话直接说出口："老板，不要做小三。人家都快结婚了，别插足别人的感情了，没结果的。"

秦思维感到委屈。

秦思维不搭理卢思花，决定先去吃个午饭压压惊。

时间临近十二点，一群人轰轰烈烈涌入公园餐饮区的一家餐厅。

公园内的这家餐厅设计比较特别，它的包厢是一个个单独坐落在河畔边的茅草屋，与这片自然生机相映成趣。

众人站在河边欣赏了一阵风景，等服务员上菜就一股脑冲进包厢里坐好。

喻可欣有总经理助理的头衔在，被安排跟秦思维坐一桌。

卢思花心疼今天在情场上失意的小喻，坐在喻可欣身边，时不时拿公筷夹菜给她，让喻可欣感激不已。

一时间，包厢内气氛正好，觥筹交错。

把肚子填了个半饱，满足食欲的大伙儿开始放飞自我。

刘明经过上次的事情，跟秦思维的关系亲近了不少，这次率先举杯站起，走到秦思维面前。

"秦总，我来敬你一杯。"刘明开始走心，"我粗心，给公司带来不少麻烦，多亏秦总不跟我计较。谢谢你没放弃我。"

秦思维跟他碰杯："别来套近乎，没开你是因为你弥补得当。下次敢再粗心犯错，你看我开不开。"

刘明一口饮尽："哈哈哈，秦总你每次嘴上不饶人，但我知道你是什么样的老板。"

秦思维："……"

你未免把我想得太好，希望以后现实不要教你做人。

刘明读不懂秦思维的沉默，只当他是默认了。

遇到这么好的老板，他无以为报，只能帮忙 cue 老板今天格外关心的妹子。

刘明回头，目光找到其他桌贾亦萱的身影，提高声音招呼说："贾亦萱。"

闻声，贾亦萱和其他所有人的目光都随之而来。

刘明继续："刚才游戏环节，老板都替你出赛了。你要不要也来给秦总敬杯酒？"

一瞬间，全场安静。

随后，是此起彼伏响起的，带着看戏口吻的附和：

"是啊是啊，该谢谢老板的关心。"

"还应该多敬几杯酒的，嘿嘿嘿！"

Hello？

秦思维一副状况外的神情，他实在想不到刘明能有这么一个操作。

他辛苦替贾亦萱躲过三场游戏比赛，难道现在还要喝她一杯敬酒，再帮她挡一杯酒？

这是人干的事？

同桌的喻可欣叼着嘴里的柠檬鸡爪，察觉到秦思维的不可思议，又蒙蒙地望向面白如纸的贾亦萱。只见她呆愣几秒，在众人的瞩目下，缓缓起身，准备过来敬酒。

小姐姐实在太惨，秦总也有点可怜。

同情心爆棚的喻可欣扔掉鸡爪，从位置上弹起来，拿起杯子，激情万丈："秦总，我敬你！"

这个截和很突兀，可仍旧吸引了全场人的注意。

卢思花对喻可欣的一如既往"瑞思拜"了。

小喻冲啊！打赢这场保卫爱情的战争！

刘明对喻可欣这位同样差点被开的难兄难弟很宽容，万籁俱寂中他接过话："小喻为什么敬秦总？"

秦思维知道喻可欣是出来解围的，心头一松，笑意浮在脸上，连发僵的身体也重新活络。他仿佛不是当事人一样，姿势舒服地后仰靠在椅背上，等待面露窘迫的喻可欣会说出什么理由来。

"呃，感谢我一工作就遇到四海这么优秀的公司，和秦总这么体恤下属的领导。"

这个理由干巴巴，比起秦总跟设计部之花的绯闻，丝毫引不起吃瓜群众的半点关注。

隔壁桌不知道是谁，突然大声喊了一句："那你赶紧喝，贾亦萱还等着敬酒呢！"

谁说的？站出来！

喻可欣大大地翻了个白眼，决心要来一个狠的，引开大家的关注焦点。

她深吸口气，奉旨拍马屁："秦总，第一次在停车场遇见，谢谢你借我车位。我敬你！"

说完，她喝掉杯中的红酒，再续上。

秦思维给面子地也喝完了杯里的酒，顺便提醒："不用喝完，我们意思一下就好。"

喻可欣："没事。"

她聪明着呢！每次都倒得不多，最多也就两口的量，举杯时，掌心包着杯身，除了坐她旁边的花花姐，其他人可能都察觉不到酒有多少。

喻可欣接着敬酒："害你花粉过敏，还开你的车追尾，但你没跟我计较。我敬你。"

话音刚落，又仰头喝完。

秦思维没说什么，跟着喝完。

喻可欣第三次敬："这一回也是跟刘经理一样的说法，谢谢老板给我机会，没开掉我。还有，在车上对不起。"

仁至义尽喻可欣，她最后那句不清不楚的话，激起了大家前所未有的好奇心！

车上这两人是做了什么要说对不起的事情？

求求男主角多说几句，让八卦的孩子们能死个明白。

但秦思维根本不懂得照顾群众，他说："没关系。"还意味深长地说了句，"谢谢。"

所有人：我怀疑这句谢谢包含了作者内心的某些特殊情感，但这道阅读理解题我不会。

他们抓耳挠腮，想搞清楚秦总跟秦总助理之间的来龙去脉。短短几瞬间，贾亦萱无人问津，话题女主角变成了喻可欣。

而坐在女主角身边，表面是无波无澜的卢思花内心掀起千层浪。

我宣布，维欣主义 CP 今天成立了。

某新晋 CP 粉如是说。

喻可欣从睡梦中醒来，已经侧躺在一张柔软舒适的白色大床上。

窗外天色大亮，恍然像是到了第二天，可左手腕上的手表告诉她，现在是下午三点二十分。

她头脑还晕乎乎的，暂时没有完全清醒，迟钝地发觉躺的这张床不是自家的。

但她并没有多惊慌，看到床头柜上的电话机，显然这是个酒店房间。

用力回想睡着之前的画面，敬了三杯酒，成功转移大家注意力，完成使命的她就坐下来继续吃饭。可万万没想到，即使她使小聪明让自己只是喝了一点点酒，但架不住她酒量差，红酒后劲足，吃着吃着就觉得头发沉，还越来越晕。

她把住身边花花姐的胳膊，声音无力，莫名带着点撒娇："花花姐，我有点晕，想睡觉。"

想来，是花花姐看她醉酒，把她安排在酒店里的。

花花姐不愧是周到体贴的后勤保障大管家。

喻可欣伸了个懒腰，磨磨蹭蹭地赖了一会儿床，等精神恢复正常，才想掀开被子下床，却怎么也掀不动。

奇了怪了，怎么感觉有东西压着她被子！

她伸手去拿，却触碰到了一只温热的……人手？

这是什么鬼故事吗？

喻可欣慢慢瞪大眼睛，惊恐的情绪注入心脏使它猛烈跳动，震得天地崩裂。

不不不，不能慌。

也不一定是她发生了什么需要报警维权的事情。

说不定是还有别的女同事喝醉了？花花姐安排和她在一起了。看她身上的衣服还好好的呢。

可……

万一要是真有什么，是不是得保留证据先去报警再去医院最后送他进监狱让他身败名裂社会性死亡啊！

喻可欣逼自己转头，看身后到底是个怎样的噩梦。

她猛地一回头，因为身后的人躺得离她比较近，视线的焦距调整，然后在隔了几秒后才认出来，这张脸是秦思维。

他躺在被子外，衣服完好地安安静静地躺着，除了手不规范地搭在隔了一层被子的她的腰上，以及离她近了一点，近到仿佛他是在 backhug（背后拥抱）。

喻可欣忽然松了一口气，被强烈安抚住的恐慌此刻后知后觉地转化成一声惊天尖叫，叫的同时还甩开了他压在被子上的手，往床沿挪了挪。

秦思维噌地坐起来，抓了抓头发："怎么了？"

喻可欣也跟着坐起来，控诉他："你说怎么了！你为什么睡床上？"

也才清醒的秦思维一时之间仿佛被命运掐住了喉咙。

饭桌上，喻可欣坐在秦思维的对面。三杯酒过去后，他抬头就可以看到喻可欣的脸越来越红，眼睛越来越迷瞪。

聚餐快结束前，喻可欣不出所料地跟卢思花说她好像醉了，就无力地趴在桌子上睡过去了。

秦思维第一时间注意到，便让卢思花去公园内的酒店里开一间房。他则扛起喻可欣，跟在卢思花身后往酒店方向走。

嗯，公主抱不存在的，直男搬人跟扛沙袋没两样。

一路上，喻可欣还因为不舒服而哼哼唧唧，虚弱地拍了秦思维的后背几下。她的头往下充血，肚子还被秦思维的肩膀硌得极其不舒服。

如果不是旁边还有卢思花在，恐怕就有热心游客报警了。

景区内的这家酒店很紧俏，但他们运气好，订到了仅剩的一间大床房。

把喻可欣放在床上，秦思维累得坐在一旁的椅子上直喘气，他中午喝了别人过来敬的好多杯酒，现在脑子也昏昏沉沉的。

卢思花替喻可欣盖好被子，就要带秦思维离开。

秦思维已经瘫在椅子里了，摆摆手拒绝："你先去玩吧，花花姐。我喝多了，开始有些上头，得在这里休息一下。"

"这……是不是不太好？我要不要留下来陪你们？"

卢思花看了看已经睡得不省人事的喻可欣，再看脸色发红的秦思维，离开的脚步变得沉重。

秦思维觉得自己的人品在遭受质疑。他很委屈："酒店没其他房间了。再说，你看看我，根正苗红洁身自好，我前程大好，用得着想不开成为'法制咖'吗？"

卢思花被轻易说服。小秦总看上去不靠谱，但品性操守一直有保障。再加上下午的活动流程都在她这里，餐厅里那群人还等着被安排。

卢思花："那我带走一张房卡，等安排好事情就回来。"

房间在卢思花离开之后变得安静。

过了会儿，秦思维陷入半梦半醒中，浑身瘫软，却还是莫名烦躁。他变换了很多姿势，但身下的椅子不舒服还是不舒服。

因此，面对眼前的柔软大床，秦思维顺从本心，选择了躺上去。

"反正喻可欣只睡了半边，另一半空着也是空着。"

给自己找完借口，接触到床的那一刹那，秦思维终于入睡。

了解完全过程，喻可欣依旧谴责："那也不能睡一张床上吧！你知道有多吓人吗！"

她那一瞬间甚至都想到了以后还要发个微博说明亲身经历，用来警示职场上的女性朋友，聚餐千万不能喝醉酒。

秦思维挠挠头："反正你睡被子里，我睡被子外，互不干扰。现代人不瞎讲究是不是？"

他当时就是这么想的。

现在说出口非常心虚，但假装很有道理。

喻可欣气急败坏："你听听你说的什么话！"

秦思维躺平任嘲："不是人话。"

喻可欣："扑哧！"

忍住!

猝不及防,她不争气地笑了!

她气居然消了。

"咔嚓"一声,是秦思维拿手机对着喻可欣的脸拍照的声音。

下一秒,呈现在她眼前的是一张她被自己的笑吓到的表情——眼睛瞪得溜圆,嘴唇紧抿,脸法令纹都破天荒地出现在脸上变成一个括号。

秦思维得意扬扬:"要笑就笑吧,别憋着。我不笑你。"

喻可欣气炸了,扑过去要抢手机:"你删掉!不准拍!"

"不!你不准随便动别人手机!"

"我告你侵犯肖像隐私!"

"我才告你侵犯隐私。"

两人你躲我闪,嘴里还争吵着幼稚的小学鸡式对话。

最后以秦思维握住喻可欣手腕,成功制止她夺取手机而告终。

两人你看我我看你,突然笑了起来。

喻可欣:小秦总,典型直男脑回路,但意外单纯善良,有时候还搞笑。

秦思维:这人咋咋呼呼,永远活力,其实傻傻的,挺可爱的。

这一刻,房间内温情无限。

然而，片刻后，房间门被用力推开，郭元方握着房卡直冲进来。

"小老板！不好咧，贾亦萱她昏古七（昏过去）啦！"

"哎？老板，你们在干啥子？"

Chapter 6

女人的第六感告诉她，事情一定不简单！

园区诊所内，压抑的哭声让秦思维跟喻可欣停下匆匆赶来的脚步。

他们停在门口面面相觑，不知道该不该这时候进去。

但没多久，秦思维逐渐意识到，哭声有点不对劲。

他问喻可欣："你有没有觉得，这声音有点像花花姐？"

喻可欣十分赞同地点头。

他们扒着门框往里看，贾亦萱淌着泪，躺在病床上哭得无声无息。反而是陪在旁边的卢思花，哭得好不伤心。

"你怎么这么傻啊！流产多伤身，还不好好休养。女孩子要是不对自己好一点，还指望谁来对你好呢。"

显然，卢思花知道了贾亦萱小产的事情。

秦思维咳了咳嗓子，故意发出声音，又象征性地敲了敲本来就开着的门。卢思花跟贾亦萱赶紧擦掉眼泪，迎接两人的到来。

"你身体怎么样？"秦思维问得官方。

卢思花本来想替贾亦萱回答，但话到嘴边又咽下，她不知道贾亦萱想不想让人知道。

没想到——

"花花姐，没关系，秦总知道的。"她解释，"上次正好在医院遇到。"

贾亦萱也不用卢思花帮忙回话，她直接说："说我没休息好，身体虚。"

"那你在家继续休养，工作的事情也不急。"秦思维直截了当，想到花花姐上午的科普，又加一句，"让你男朋友多照顾些。"

这句话仿佛是个水龙头，拧开了贾亦萱的泪点。她蓦地放声大哭，声嘶力竭，额间的青筋都蹦出来了。

惹得秦思维少有地慌张起来："怎么了，我说错什么了吗？"

喻可欣大大地翻了个白眼，小声在他耳边说："你能少说就少说几句吧。"

她听到贾亦萱说："没有了，没有男朋友了。"

如果秦思维玩扫雷游戏，大概一扫一个雷。

好不容易，贾亦萱的情绪逐渐稳定下来。

发泄一通的她变得稍微轻松一些，她看着在场的三人，如释重负地说出她一直不愿接受的事实："小周跟我分手了。"

贾亦萱跟小周是高中同学，两人都来自于南城下面的一个小县城。后来因为考上同一所大学，他们的交集开始密切起来。

对于离家求学的学子来说，"老乡"两个字都会带着一股羁绊的亲近，更别说是一个地方出来的高中同学。他们在外省的学校里相互支持，就算不在同一个专业，每晚也会在手机上跟对方分享一天发生的事情。学期一结束，小周都会顺带帮她买好票，来女寝接她一起回家。

室友们见到小周，就调笑贾亦萱说"你男朋友对你真好"，久而久之，贾亦萱发现她习惯身边有小周的存在了。

两人的交往就这么水到渠成。

大学四年毕业，小周跟贾亦萱都没选择继续读研，一致决定回南城发展。这又让贾亦萱被室友们艳羡。

跟男朋友如此步调一致，少了其他情侣之间的很多分歧。

贾亦萱坚信，她的人生脉络已经清晰了一半，她未来会跟小周结婚，在南城买个不大不小的房子，安定下来，然后为生活奔波劳碌，供养孩子成才。

她兴致勃勃地跟小周一起制订出毕业后的首个五年计划。不靠父母，两人努力工作五年，攒出一套三室一厅的房子首付，那时候他们就去领证结婚。

计划很完美，只差赚钱买房。

带着对未来的无限憧憬，他们在南城成功找到工作。特别是小周，他进了南城比较有名的IT公司威盛科技。

两人努力工作，省吃俭用。贾亦萱除了公司内的本职工作，还接了很多外单。虽然每天都要在公司加班，但银行卡里的日益增加的数字是她最大的动力。

然而，生活并没有贾亦萱想的那么顺利。

小周的销售工作，底薪低，全靠提成，可他每月的业绩经常不达标，工资远低于贾亦萱。贾亦萱经常安慰他，慢慢来，销售的人脉全靠前期积累，相信马上就到质变的时候。

很可惜，小周的工作一直没有很大起色。

贾亦萱是个要强的人，有别于其他人，她只会对自己狠。

看到小周这样，她默默决定多接单，攒更多的钱，帮男友分担属于他的负担。可贾亦萱并不知道，这样子的她让小周更觉压力。

小周变得敏感，工作失利让他越来越自卑，对贾亦萱的态度越发捉摸不定。在贾亦萱因加班晚归时，他有时嘘寒问暖，问要不要让他去接她下班；有时会疑神疑鬼地盘问，生怕她不在公司加班，而是出去和别人约会了。

生活中，他时常因为鸡毛蒜皮的事跟贾亦萱发生口角，一争吵就说贾亦萱变了，看不起他，想去攀高枝了。吵过之后，他又迅速地跟贾亦萱道歉，让她原谅他的口不择言。

贾亦萱想，他只是太累了，给他一些时间就好。

所以，在男友几次提出分手时，贾亦萱都没有当真。她以为这是气话，哄一哄小周就会过去。事实也确实如此。

结果这次不一样了。

那天早上，小周早早离开去上班了。

贾亦萱刷牙时犯恶心，不停地干呕，想到已经推迟了半个多月的生理期，她立即出门去药店买了验孕棒。得到两条杠的结果，她跟领导请了假，就去医院检查。

当她拿到检查报告，欣喜又忐忑地告诉小周时，他不是她期待的反应。

小周呆滞在原地，看向她的肚子，吓得失声。

微博上经常会说养一个孩子需要多少钱，小周曾在下面留言，这不是孩子，这是吞金兽。

如今，吞金兽要出现在他的生活里了，他要怎么养？

好半晌，他疯狂摇头："不。这不是我的孩子。你肯定是在外面跟别人好上了，现在想让我来戴绿帽。"

贾亦萱的表情片刻间凝固住："你说什么？"

小周不理会她。他拿出行李箱，疯狂在房间里搜寻他的东西，一股脑儿扔进行李箱里。

他要逃，离这个让他压抑的地方越远越好。

离开之前，他跟贾亦萱说："我们分手吧，这次我很认真。"

这次的贾亦萱被伤透了心，她仿佛第一次看清这个男人。

她没有挽留，随手预约了人流手术。

孩子从她身体里被拿走的瞬间，她流下了泪，仿佛与小周认识的多年青春一同从她记忆里抹去了。

心里不断劝解自己，不能为渣男伤心又伤身，但她待在那个房子里就会陷入与小周的全部回忆。她这才选择重新上班，坚持参加公司团建，她想要找点事情做，至少不要再傻乎乎地回忆过去。

房间里的气氛沉重到近乎凝固。

卢思花听完出离愤怒，她站起来气呼呼地直嚷着："太混账了！怎么能做这么恶心人的事情？不行，我要去找小周问清楚！自己不想养孩子还要泼脏水给你，这是什么道理？"

"别生气，花花姐。"贾亦萱拉住卢思花，"事情都过去了。我不想再多跟他纠缠。"

"对！不要把有限的时间浪费在无限的渣男身上。"喻可欣义愤填膺，"萱萱你长得漂亮，性格很好，工作能力又很棒，以后对自己更好一点。独自美丽吧！"

好好的小姐姐要什么渣男！

"谢谢，我会的。"

卢思花想到逃避责任还倒打一耙的小周，十分不甘心，奈何她们的话也很有道理。

她只能愤愤不平："总比以后认清他的真面目来得好。小贾你好好调养身体，养好之后再好好生活。比他活得更好，也算是出了一口气。"

贾亦萱看大家这么安慰她，露出笑："我也希望他过得比我惨，以后我可能还会谢他的不结婚之恩。"

跳出来看，她在这段感情中付出太多，没有太多休息时间，赚了钱却连贵一点的东西都不舍得买，活得辛苦又委屈。

以后，她会好好生活，善待自己。

在场四人，除了秦思维之外其他三人聊得融洽，秦思维自从点了导火索后，就是一言不发的状态。

他从贾亦萱的讲述中听到了一个重点。

威盛科技，那是他哥秦立海名下的一家IT公司，待遇高，前景好，所以招聘的员工也越来越优秀。既然小周工作一年多没有起色，这种业务能力为什么他的部门主管还不开掉他？

喻可欣见秦思维沉默着不说话，不由得暗自戳了戳他的后背，提醒他再说一句场面话。

本来就是领导来慰问员工的场面，可秦思维只负责把情况搞砸了。

好歹趁气氛融洽，找补一下下吧。

喻可欣挤眉弄眼，妄想用眼神将意思传达明白。

事实证明，她想多了。

秦思维接收信号的雷达是关闭状态。他一头雾水，做出贴近喻可欣的样子，希望她有什么话可以悄声告诉他。

喻可欣瞄到现场另外两人注意到他们的举止，只好干笑。

随便吧，我这个总经理助理已经仁至义尽了。

秦思维盲猜，结合当下情况，他很快得出结论——喻可欣是想离开了。

也是，事情都搞清楚了，贾亦萱没大碍，那他们留在这里反而是耽误贾亦萱休息。

他对卢思花跟贾亦萱说："没事的话，我们先走了。"

！！！

秦总的情商在哪里？上午的体贴呢？

喻可欣的表情过于绝望，让秦思维清晰地捕捉到。他脑子里灵机一现，加上："人太多，你不能静心休息。就让花花姐继续留着，你有什么事就跟她说，我们都会帮你。"

场子圆回来了。

贾亦萱很感激秦思维的照顾："谢谢秦总，今天给大家添麻烦了。"

"别客气。同事一场，应该的。"

离开诊所的休息室，喻可欣往后看，确定距离足够远，应该听不见他们说什么了。

她开始发表意见："漂亮姐姐也太惨了。遇人不淑，在渣男身上浪费了五六年的时间，还为他打掉一个孩子。伤身又伤心，美女太难了。"

秦思维不知怎么接话，索性听她说。

"我在网络上经常刷到小姐姐被渣男骗，被家暴，甚至还有被PUA的消息，抑郁得都快得爱情PTSD（创伤后应激障碍）了。女生活得好艰难。虽然微博上我关注了很多投稿甜蜜爱情的bot，但是，我酸的同时会感觉，甜甜的恋爱不属于我。哎，你看，我抢红包手气最差，转发抽奖从来没轮到过我，淘宝搞瓜分几亿的活动我只能分到三块八，这样的运气让人实在不敢期待恋爱。"

秦思维干巴巴地捧哏："你认识得很深刻。"

喻可欣不服："我瞎感慨一下，事业心让我不需要爱情。"绕了一圈她重新回归话题，"这件事情没有贾亦萱说的那么简单。小周肯定还有其他挖出来更人神共愤的事情。"

"你又是瞎感慨的？"

说归说，秦思维同样也这么认为。听贾亦萱回忆过去，他觉察到小周的转变很突然，应该不只是工作不顺心的问题。不过这都是没有证据的猜测，以至于喻可欣说起，他就想杠一下。

喻可欣危险地眯起眼："女生特有的第六感告诉我的！"

这是多看不起她。

她争辩："再说，小说都是这么写的。一般男朋友冷淡了变心了突然就分手了，那多半是他在外面有人了。更大可能是，他在外面认识了能让他少奋斗半辈子的人。"

秦思维挑眉，显然是不信这套说辞。

喻可欣斩钉截铁："这都是套路！你信我！"

秦思维笑出声，答应得很无奈："行，我信你。"

旅游大巴准时地停在公园门口，所有人都累坏了，他们找到来时的位置坐好，没过几分钟一个个都已呼呼大睡。

喻可欣中午睡饱了，此时非常清醒。她扯了扯座位上完全没有弹性的安全带，低声跟秦思维吐槽："这个安全带也太过分了，根本没有什么保护作用。"

秦思维："你还是扣上吧，能多点心理安慰。"

喻可欣撇撇嘴，不过还是听话地扣好。

但这条"绳子"完全就是摆设，她可以在位置上任意挪动。

车厢内过分安静，无聊的喻可欣到处乱看，还转身跪在座位上，想找出坐在她身后的人里面，有没有没睡的，有没有正在做什么别的事的。

贾亦萱已经换到卢思花的旁边座位，因为卢思花想要更好地看顾她。

对上喻可欣活泼乱转的视线，贾亦萱朝她露出微笑，用口型问她："还不睡？"

喻可欣夸张地用口型回答："睡不着。"

"哦，那我再睡一下。"

"好。"

无声交流完，喻可欣看向别处。

座椅椅背太高，挡住了很多人，喻可欣能看到的同事大部分早已睡得四仰八叉。她扫了一眼，立时失去观察大家的兴致。

她正准备转身坐好，余光中发现后排的林美芽在做小动作。

林美芽板正地靠着座椅，慢慢地睁开眼睛，把头转向右边。她的右边是隔着一条过道的刘明，此时正睡得猪相十足，对落在他身上的目光毫无感觉。

似乎是因为空调吹的风太冷，刘明缩了缩脖子，双手交叠在胸前。这个动作惊得林美芽赶紧板正脑袋，目视前方。

然而，刘明咂咂嘴，接着睡觉。

林美芽笑自己的一惊一乍，她带着未散去的笑意，又看向刘明，出神了几秒，她将枕着的颈枕拿下，动作翻飞，颈枕就变成了一条午休小毯子。

好实用！旁观者喻可欣发出赞叹。

应该是担心刘明冷，林美芽探着身子，轻缓地将毯子盖在他身上。

喻可欣吃到瓜，满意地转身坐好

隔壁乘客秦思维正在闭目养神，喻可欣不管三七二十一，挨近他，迫不及待地询问："秦总，刘经理有女朋友吗？"

刘经理的年纪摆在那里，有没有女朋友还真的不好说。

闻言，秦思维睁开眼："你不是说事业心让你不需要爱情？"

他疑问的语气中带着"你这人出尔反尔得也太快了"的质疑。

"是啊，我就是为我的好奇心提问而已。"

见秦思维更疑惑了，她并没有解答，反而摇摇头，高深莫测："你不懂我发现的秘密。"她催促，"他有没有啊？"

秦思维："没听花花姐提过，应该没有。"

喻可欣开心了，忽略到这句话里不肯定的语气，大概率就是没有。

她自言自语："林美芽应该也是没有男朋友的。"

那她就要喜滋滋地宣布了，她嗑到了。

秦思维无语："你一下子就暴露了秘密的主人公。"

喻可欣耸耸肩："无所谓，我开心就好。"

对话没有进行下去的必要，秦思维闭眼继续休息。

喻可欣自得其乐，拿出手机拍沿途的风景，熟练地给照片加上滤镜发朋友圈，立刻有很多人在底下留言，说她拍得好看。

喻可欣膨胀了，下意识地想对身边的人炫耀。

她扭向秦思维这边，动作猛地顿住。太安静了，她不忍心去打扰他的休息，索性认真打量起比她大不了多少的秦思维。

剑眉星目，侧颜的弧线像被艺术大师精心雕琢过，俊美无比，不复往常的慵懒颓丧，难得透露出几分沉稳。

这样不说话的秦思维，还挺帅的。

也许是她的目光太灼热，秦思维的眼珠微微转动，他忽地睁眼，正好看到喻可欣心虚地转移视线。

喻可欣被吓死!

心脏剧烈跳动，扑通扑通的声音充斥着她的耳蜗。

她面朝窗外，玻璃窗上的虚晃人影并不能如实照映出她脸颊是否发红，可她知道她肯定脸红了。

她嘴里念念有词："不不不，心动只是被帅气表象给蒙蔽了而已。咸鱼就算长得再好看，也是我讨厌的咸鱼。喻可欣，喜欢帅哥就打开电视看'爱豆'，没什么大不了的。我不喜欢咸鱼，我绝不!"

她全心全意给自己洗脑，忽略了正往她身边凑，想听她到底在嘟哝什么东西的秦思维。

这时，空荡的乡间公路上，一群排着队的鸭子正迈着六亲不认的步伐，大摇大摆地横穿马路。

在单行道上放心开的司机，显然没有预料到前方会出现这么一群不守交通规则的马路杀手，看着越来越近的距离，他猛地踩下急刹车。

还在做心理建设的喻可欣没有防备地向前栽。

她的前面就是挡风玻璃，而她身上系着的安全带如同虚设，她惊慌地闭眼，认命般准备迎接即将到来的迎头痛击。

可想象中的疼痛并没有发生。

秦思维在电光石火间，将她一把抱住，硬生生把她的运动轨迹给改变了。而后，他搂着喻可欣，顺着向前的惯性，伸出另一只手抵在了挡风板上。

等了几秒，喻可欣很怂地先睁开一只眼睛查看情况，发现自己与秦思维四目相对近在咫尺，她很熟练地在脑海里接着刚刚的自我催眠。

"你现在只是因为被急刹车吓到了所以才心跳加快，并不是因为对他心跳加速。喻可欣，你可千万要拎清楚。"

但是，她得宣布，她失败了。

她脸上的温度更热了。

请问，受到惊吓，会脸红吗？

Chapter 7

朋友，请问一起嗑 CP 吗？

团建过后，秦思维因为感冒有两天没来公司。

等他病好，他姗姗来迟地踏入公司，坐在靠近门口位置的人看到他，居然笑着对他说："秦总，来了啊。我发现你今天特别勤快，特别英俊不凡。"

秦思维：？？？

都迟到了，算哪门子勤快？这是在讽刺他吗？

很有自知之明的他稀里糊涂地进去，去办公室的几步路上，耳朵里被灌入了"哎，你工作好认真啊，真棒""我好喜欢你的设计，特别有灵气""这个广告词写得绝了！你为什么这么有才华"……诸如此类的夸奖。

语气特别真心，不像是在开玩笑。

这是集体失心疯了？

秦思维惊疑不定，迎面走来步伐轻松到脚底像被装了弹簧的喻可欣。

她看见秦思维，笑得更开心了，一开口就是彩虹屁："秦总今天一看很精神呢！"

"你也是……"神采奕奕的。

他不在的这两天里到底发生了多少事！

理智告诉他，这件事情还得问喻可欣。

确实，这两天发生了不少事情。

喻可欣在网上发现一条"被朋友夸奖了二十八天，她整个人的气质发生了极大变化"的新闻。具体内容就不复述了，结论就是每个人都需要被夸奖，才会变得更好。

随后，她找到了豆瓣的互夸小组，意外地，加入小组的人特别多。

自此，新世界的大门仿佛向她敞开了一样。

互夸小组内，不管是谁发的帖子，不管帖子说的是多么微不足道的一件小事，其他人总能从不同的角度送上赞美，夸得特别真诚。

浏览完组内的帖子，喻可欣神清气爽。

关掉手机，喻可欣首先拦下经过她身边的卢思花："花花姐，你穿这套衣服好好看，显得身材特别好！"

卢思花忙着去找其他人，离开前还很开心地回了句："小喻，你也是，你们皮肤白的人穿什么都好看。"

一般来说，被夸奖的人都会下意识地回一句。喻可欣眯起眼，笑得荡漾。

她起身去公司转了一圈。

不太熟悉的人，她挑人家手头正在做的工作全方位地夸。关系比较亲近的同事，她赞美的范围就更大了。

同事们看她夸得起劲，起先是觉得好玩，也会半真半假地表扬身边其他人，慢慢说得多了，就越来越真情实感。有些人感情内敛，不好意思夸别人，但是大家一起商业互吹，逐渐也就放开了。

到今天，所有人都能心无负担地发现别人的优点。

了解了事情始末，秦思维呼了一口气，他时常因为跟不上全体员工的"沙雕"步伐而感到格格不入。

他深深地看向喻可欣："你其实特别适合工作。"

喻可欣歪着头："这算夸奖吗？"

"算。夸你是优秀员工呢。"

"哦，老板，你也是个优秀的老板呢。"

秦思维："……"

这句话回得相当不走心呢。

四海全体员工的积极性明显提升，办公室内气氛和谐融洽，士气高涨。

秦思维站在玻璃墙前，仔细观察大厅内的情形，追求咸鱼人生的内心居然起了一丝波澜。

"近朱者赤""潜移默化"这两词的威力他领教了。如今秦思维隐隐被感化，萌生了一点点振作起来的念头。

秦思维没有逃避这种想法。

他期待做出改变，又怕过于辛苦，自己半途而废。

于是，他暗戳戳地叫喻可欣来他办公室。

有这位优秀员工在，他应该可以坚持得更久一点。

努力工作的第一步，秦思维选择先理清跟公司有合作的客户名单。

喻可欣在 QQ 上收到秦思维的传唤，按照他的吩咐抱着笔记本电脑进入总经理办公室。

她很好奇秦总因为什么事情找她。虽然名义上她是总经理助理，但秦思维忙着摸鱼，根本没什么事情可以交代给她，反而她会帮花花姐分担一些杂事。

"秦总，我来啦。"

精气神十足，秦思维想，他没找错人，喻可欣简直就是情绪调动机。

他邀请喻可欣在待客区的沙发落座，把要求跟她说清楚："我们来整理一下公司成立以来所有的合作方名单。等下你把合作方公司名、项目名称、金额、要求列成一个表格。"

"是，做什么用啊？"

喻可欣很不专业地问出这个问题。

她实在很好奇。看这样子，秦总是要认真工作了？

秦思维："梳理一下客户，熟悉公司现在的合作状况。顺便看看有没有漏掉，但我们需要争取合作的对象。"

"哦哦，好的。"

老板洗心革面，重新上进，自己肯定不能拖后腿。喻可欣欣然答应。

但四海广告公司的文件管理不是特别清晰明了，所有文件都堆在一起，没有规整清楚。没办法，秦思维也加入了资料整理的过程。

他让喻可欣收集合作过的客户信息，自己则整理近期还在合作的。

最后整合两边梳理的情况，得到了一份表格，上面都是需要逐渐恢复与他们业务往来的客户名单。

"总算弄完了。"

秦思维伸了个懒腰——这个上午过得如此充实，内心居然涌起一丝丝的成就感。

喻可欣收拢好茶几上摊开的 A4 纸，将最后需要的表格放在秦思维的旁边，兴致依旧不减地问："还有什么需要我做的吗？"

秦思维的手指在那沓文件上有节奏地敲击着，吸引着喻可欣的目光也落在上面。

她听秦思维说："接下来，就得想想怎么跟这上面的公司再合作了。"

秦思维没有接着往下说，因为与这些公司再接洽的办法无非都是要他去主动讨好对方。但他抹不开这个面子。

他从小家境优渥，上头还有个弟控哥哥保驾护航，连需要上进的压力都没有，更别提是去讨好谁。

秦思维这种隐秘又敏感的心思掩饰得很好，喻可欣只当他还没想好如何去接触对方，于是便帮忙想起了办法。

"要不就送礼吧！反正礼多人不怪。"说出一个思路，喻可欣补充，"如果是很重要的客户，最好是秦总你亲自去挑选礼物以表诚心跟重视，然后，我再把自己变成总经理特助，上门去送礼。这样子我们公司也没有掉价。秦总，你觉得怎么样？"

她目光灼灼，等着秦思维的意见，还不留痕迹地给自己升职了。

思考片刻，秦思维点了点头。

办法不是他想的，也不用他出面。这个做法，他可以。

说做就做，秦思维就和喻可欣一起去商场挑选礼物。

两人走进商场大门，不约而同地停下脚步。

时间停止几秒，喻可欣忍不住先提问："我们去哪边？"

在等喻可欣带路的秦思维："我没想法，等你安排。"

他误会了，以为喻可欣会提前帮他想好送什么，他负责去店里亲自挑款式。

喻可欣难以置信："不是你来挑礼物，我陪你的吗？"

秦思维偏了偏头，反问："可你是我助理啊。应该你帮我先划定范围，我直接从备选项里面挑就好了。再说，买东西难道不是你更在行一点？"

他上次出来逛商场，是年初替他妈拎包的那一次。

喻可欣沉默："虽然我很喜欢买东西没错，但，我真的很不擅长挑礼物送给别人，特别是陌生人。"

她挺感谢微信红包这个东西，自从有了它，逢年过节她再也不送礼物了，直接发红包让对方自己买，难道不好吗？

秦思维扫视周围的店铺，随意地说："那我们边逛边讨论一下，可以送什么？"

他们选了一个方向，并排走着。

"那几家公司老板是男的女的？"

"基本上都是男的。"

喻可欣数着手指，回想走过的店铺类型"排除服装、首饰、手表、箱包、化妆品……能送给男性老板的礼物还剩什么？"

"保健品。"秦思维没有开玩笑，他一脸认真。

喻可欣："送人家保健品是不是不太好，有没有在内涵对方身体不好需要吃保健品的意思？"

秦思维佩服她的脑回路："你是不是想多了？"

喻可欣没有挣扎："可能吧。"

秦思维突然想到什么，说："你上次送给龙腾老板的礼物是什么？"

"茶叶。"

"那我们直接送茶叶吧。上了年纪的人应该都爱喝。"

这个主意好。不过，喻可欣多嘴问了一句："老总们年纪都很大了吗？"

她看向秦思维，眼睛里似乎在说，你也是一家公司的老板。

"看路。"秦思维握住喻可欣的手臂，将她往他的方向带了一下，确认她没有跟迎面的人撞上，才继续说，"那除了茶叶，再想想别的。"

暂时不能想了，喻可欣把脸扭到另一边，脑子里不断重温刚才的画面。

秦思维面无表情地目视前方，将她拉到身边，他们的距离在那一刹那缩短。她因错愕而睁大的眼睛清晰地记录了他那片刻冷漠禁欲的表情。

直男无形撩人，才最杀人。

等不到喻可欣的回应，秦思维奇怪："你在想什么？"

声音打断喻可欣的遐想，慌忙间她看到前面的一家品牌，仿若看到救星："哦！我们可以送签字笔啊！"

喻可欣二十多年人生里，从来没有这么爱过钢笔。

除了它适时出现帮她解围之外，它换个名字叫"签字笔"之后就跟"商务人士"这四个字锁死了，解决了让两个人都发愁的送礼问题。

两人再从这家钢笔品牌店里出来时，手上已经多了二十个礼盒，清一色的商务系列"签字笔＋墨水"的套装。

见识到直男是如何购物的喻可欣不由得感慨："你买东西很省时啊。"

刚才走进店里，喻可欣跟柜姐搭话，准备询问对方"钢笔有没有适合送礼的款式，有没有专门适合商务精英系列的，其中哪几款卖得比较好"的问题，秦思维就弯腰循着标牌价格，走到了一个系列柜台前，也不让柜姐拿出来让他试一试笔触手感，直接豪爽地说，包二十份。

那份豪爽，震惊了在场所有人，包括喻可欣。

秦思维不以为然："基本操作而已。"

直男买东西的步骤是直线型的——确定需要买什么，直接进那家店，选好东西，买完离开。

喻可欣鼓了鼓腮帮子："二十支。你买了一模一样的。"

"一视同仁。多好。"

道理是这么个道理。

喻可欣叹气："我感觉到了男女的思维差异了。"

女生买东西如果没有格外偏好的，那就讲究多样性。就算要买价格一样的，也都会看看同等价格有其他什么款式。要是买得多，通常每种都会来一些，算是保持品种丰富。

秦思维挑眉："在逛街这件事情上，我愿意保持这种不一样。"

"以后如果那群老板在某个场合一起见了面，还一起拿出你送的签字笔。那我跟你说，你的名字就会变成'钢笔哥'，跟娱乐圈里那个'石头哥'一个意思。"

秦思维斜眼觑她："你也不看看前面你的限定条件有多难达成。"他抬手看了眼表上的时间，提议，"快到午饭时间了。走吧，我请你吃饭。"

"行，我们去五楼。"

说着，喻可欣往扶梯方向走去，被秦思维一把拉住了后衣领。

"怎么？"她不解。

秦思维用下巴示意了另外一个方向："我们坐直升电梯。"

喻可欣适时递上一句话："看，又一个差异出现了。"

而忙着探讨的两人并没发现，在他们身后有个人在远远地观察着他们。

"看什么呢，都看出神了？"

朋友的提问，让郭月染回过神。她笑了笑："我好像看到立海的弟弟了，似乎还带着他女朋友。"

"哦，你男朋友家那个废柴弟弟啊。"朋友恍然大悟，不客气地这么形容着。

这个称呼听起来刺耳，但郭月染也只是蹙了蹙眉，没有表示什么不满，因为朋友说的都是郭月染以前描述给她听的。

秦思维作风吊儿郎当，不学无术，要不是会投胎，怕就是社会上被大家看不起的啃老族。

但看在男朋友秦立海的面子上，她给秦思维稍微找补了一下："最近他勤快变了，每天都去上班，前几天感冒了才在家里休息了两天。"

"你这说的，还以为是什么能够拿来轻伤不下火线的大事。"朋友犀利地吐槽。

郭月染一时无语，秦立海前两天在她耳边感慨："思维上班太辛苦了，都感冒了居然还要去上班。我妈都快心疼哭了，一直在他身边守着才让他好好休息。"

念叨得多了，郭月染也被洗脑，觉得感冒是什么了不得的大事了。

真应该让秦立海来看看，他口中辛苦上班的弟弟，在上班时间还带着女朋友出来购物。

不过也正常，秦思维哪里是什么洗心革面奋发进取的人设。他的好全是秦立海给吹出来的。

男人的嘴，骗人的鬼。

朋友没再揪着这个问题不放，问郭月染："中午一起吃饭吗？"

"不了，立海订好餐厅在等我，我现在就过去。"

"啧，没义气。"

郭月染赔笑："不是来陪你买衣服了嘛。你约我的时候可没说还一起吃饭的。"

告别朋友，郭月染去赴秦立海的约，顺便告诉他，他的好弟弟并没有在认真上班。

"你说思维他今天没去他公司上班，而是陪一个女生在商场购物？"

此时郭月染坐在秦立海对面。

听到男朋友的反问，她点头表示肯定，并加了一句："看样子买了不少，两只手都提着好几个袋子，应该逛了挺久的。"

另一家餐厅里，正在吃东西的秦思维不禁打了个喷嚏。

秦立海沉思片刻，拧起眉头："也没听他跟我说起啊。"

"这哪能什么都跟你说。"

当秦思维傻的吗？翘班陪女朋友逛街这种事很值得宣传吗？

秦立海你能不能搞清楚，你弟弟不是单纯无害小白花。

心里腹诽着的郭月染劝说："你也别生气……晚上归家再好好教育他。"

"对。从小就跟我亲，现在居然还跟我有不能说的秘密了。"

郭月染暗地里翻白眼："你弟弟多大的人了。"

秦立海满腔父爱上了头："多大岁数他也是我弟，交女朋友这么大的事都还瞒着我。"

郭月染突然收声，狐疑地看向秦立海，是不是他们俩现在说的不是一个意思？他刚才根本不是在生气吧？

秦立海怀着"弟弟长大了，有自己的小秘密"的怅然问郭月染："你看到思维女朋友了吗？长什么样？"

"什么？思维女朋友？"一个诧异略带惊喜的声音在秦立海的身后响起，郭月染抬头一看，是罗邓丽，秦立海的妈妈，她的未来婆婆。

罗邓丽不顾跟她一起来的老朋友们，直接在秦立海身边的位置坐下："我没听错吧，小维交女朋友了？"

秦立海："是，妈，月月看到了。"

接着，罗邓丽也问出了刚才的那个问题："月月你看到小维女朋友长什么样了吗？"

也不是逼问，但对上两道求知若渴的视线，郭月染压力也真的很大，因为答案注定要让他们失望。

郭月染喉头滚动，艰难地回答："没有。我也只是老远地看到思维了，手里拎着东西，旁边是个女生。"

"哦。"罗邓丽的这声回答明显很失望。

郭月染补上："但看着，仪态都很好。阿姨，小维的眼光您放心吧。"

秦立海强调说："妈，重点是，小维终于谈恋爱了！"

"对对对，维维终于找到女朋友了，你不知道我多操心……"

操心什么？自然是秦思维只想宅着，迟迟没有恋爱。

秦立海问："妈，您怎么来这里了？"

沉浸在小儿子脱单快乐中的罗邓丽随口回答："跟几位老朋友出来聚会。"

哦，她把老朋友忘一边了！

罗邓丽站起来，看到不远处的已经落座某桌的贵妇人们，跟秦立海和郭月染说："你们继续吃饭吧，我去那边了，不打扰你们小年轻约会了。"说完就风风火火地起身离开。

秦立海还能听到他妈兴奋地跟其他阿姨分享："今天我请客！哎呀，我小儿子脱单了，我开心！"

他好笑地摇摇头，跟郭月染说："我妈能兴奋一整天。"

郭月染笑笑没说话，继续吃饭。

涉及秦思维的问题，秦家人的做法每次都能让她大跌眼镜，也难怪秦思维会是那样子的怠懒作风。

她记得当初跟秦立海感情稳定，他带她去见家长的情景。

一路上，她紧张忐忑，问了很多秦家人的喜好问题，希望能给秦家父母留下一些好印象。

秦立海回答得很简单："你只要夸我弟就好了。"

"啊？这是什么回答？那你父母呢，我要怎么做？"

"就是对付我爸妈。你要是跟他们聊得没什么话题了，就直接夸我弟。"秦立海解释，"我弟弟人很优秀，夸他挺简单的。我父母听到别人夸他就开心。"

听听这是什么话？！

让哥哥女朋友一个劲儿去夸弟弟，你没有心吗？！

郭月染无语，明白待会儿只能靠自己见机行事了。

但她也好奇秦立海这样的事业精英，他的优秀弟弟会是什么样的青年才俊。

结果，去了秦家，秦家父母穿着端庄地坐在客厅里喝茶看 iPad 上的新闻，而秦立海的青年才俊弟弟没有出现。

这个画风挺符合她心目中的秦家人。

父母气质非凡，在家喝茶插花看新闻听古典乐，优秀弟弟可能在房间里看书忙学业。

郭月染无暇顾及她对"优秀弟弟"的浓烈探究心理，打起精神努力跟秦家长辈交谈得更愉快些。她不留痕迹地在罗邓丽面前花式夸奖秦立海，罗邓丽只是矜持地附和几句，顺着她的话说起大儿子的一些趣事。

直到饭点儿到了，罗邓丽先说失陪，就上了楼。

大家一起转移到餐厅，就听到楼梯木板被踩得噔噔响，下来一个……

穿着家居服的胡子拉碴的黑眼圈浓重的鸡窝头。

这人该不会……

郭月染本能地皱起眉毛，战术性后退，直到靠着身后的椅背。

她见到后面施施然下楼的罗邓丽，眼含慈母微笑地给这人介绍："小维，这是你大哥的女朋友，你叫她'月染姐'就好。"

秦思维听话照做："月染姐，欢迎来家里做客。"

破案了。郭月染克制住质问秦立海的冲动，扯出笑容打招呼："你好，弟弟。"

秦思维坐在罗邓丽的下方位置，正好是郭月染的对面。

秦立海给弟弟夹了几筷子菜，问道："你这几天一直待在楼上，没出门？"

秦思维："嗯。"

秦立海想起一件事："你上次还说要社会实践，去公司实习一段时间。"

"天气太热，出去太累，要不哥你直接给我的表上盖个戳吧？"

郭月染不由得看向他比自己还白一个度的皮肤，还真的是涂再多的防晒都不如在家捂着。

"行。"秦立海答应得干脆。

罗邓丽跟大儿子夸起秦思维："小维打算跟人合伙开公司。"

"小维还没毕业吧，大学生创业真有魄力。"郭月染顺口夸赞，得到罗邓丽更加善意的目光。

秦思维："也没什么。我只是给他投资，不管事，以后等着拿分红。"

郭月染向秦立海求助，她夸不下去了。

秦立海点头："挺好的，轻松省事。"

自己男朋友可真是太棒了，夸人都能另辟蹊径。郭月染无比感动。

秦父秦母也很赞同："小维这样不用辛苦就挺好的。以后我们还可以给你请个职业经理人。"

这真的不会把儿子养废掉吗？

父母宠溺小儿子，大儿子不心酸？郭月染心疼男朋友了。

话题中心秦思维得了便宜还卖乖："嗯，以后我哥在公司赚钱养家，我负责在家陪爸妈。"

大言不惭！郭月染替男朋友在心里狠狠唾骂这个不学无术还巧立名目的废物弟弟。

可秦立海笑得很开怀："我看这个可以。"

秦家三人开始新一轮夸儿子孝顺、弟弟聪明了。

郭月染已经精神阵亡在餐桌上。

另一边的罗邓丽吃完饭后与朋友分别，坐上车，第一时间拨打出电话，联系她放在四海广告公司里的眼线。

电话接通，她迫不及待地问："花花啊，我听说小维他交女朋友了？"

那一头的卢思花本来是开着免提把手机放一边，专心地处理着电脑上的各种报表，一听这句话，心里立刻"咯噔"了一下。

小秦总有女朋友了？没听说啊！

她赶紧放下手头的事情，拿起手机："我第一次听说啊。小秦总最近没什么不一样的呀。"

要是小秦总脱单了，那小喻怎么办？

今天上午她还一脸欣慰，小秦总居然说要去挑礼物送给合作方，明眼人都知道他这是要认真工作了。

自己之前制订的鼓励老板上进的方针可算是有成效了。

她无比满足地目送秦总跟小喻去商场买东西，心想着小喻跟老板这么出双入对地工作，总能近水楼台先得月，将老板成功拿下，那以后老板在事业上面勇攀高峰。

罗邓丽提供消息来源："月月跟我们说的，说今天在商场看到小维带女朋友去购物了。"

"上午吗？"

"对。"

卢思花放下心："那不是女朋友。今天小秦总跟助理一起去挑礼物，准备送给客户的。"

罗邓丽被浇了一头冷水，心瞬间凉了："啊，是这样子啊。"

白高兴了。

"但是……"卢思花想了想，继续说，"这个小喻，哦，就是小秦总助理，真的很不错。人长得好看，性格也特别好，每天笑眯眯的，活力十足。我看到她就开心。"

听着听着，罗邓丽不禁生出一种期待。

这边卢思花还在帮小喻争取长辈的印象分："工作努力，尽职尽责，跟小秦总相处得很不错，是他的得力助手。"

话是这么说，那又怎样呢。小秦老板依然还是一条铁骨铮铮的单身狗。

罗邓丽是个很会抓重点的人。

她显然是忽略了其他，只听到了："跟小维相处得很不错？那小维什么态度？"

卢思花想了想，没直接说，反而是提了上次团建时候的事情："团建那天小喻喝醉了，是小秦总帮忙一起送她去休息的。团建那天来回的车上他们也是坐一起的，回来之后，两个人看上去关系稍微亲近了一些。"

有戏!

罗邓丽的眼睛亮了，她请求卢思花帮她关注这两人的发展动态。

"花花啊，下次小喻有什么事情，你要及时跟我说一下哈。"

如果花花姐也是混迹社交网络的人，那她现在一定能说出那句话——

朋友，一起嗑 CP 吗？

Chapter 8

这一刻，喻可欣眼中的秦思维，没有缺点！

秦思维跟喻可欣两人在商场五楼的一家日料店里坐下。

服务员送上菜单，喻可欣还在头也不抬地刷着手机，秦思维单手托腮，边无所事事地翻着菜单，边等她什么时候可以刷出一个结果来。

还好没多久，喻可欣举着手机给他看："找到了，这家好多人都在推荐这几个，我们也跟着点这些吗？"

秦思维没仔细看，直接挥手叫服务员过来，把喻可欣在手机APP上找的推荐菜给点了，顺便加了一些他在菜单上感兴趣的。

等餐过程中，喻可欣很期待："嗯，APP上这家店的评分很高，希望点的东西都很好吃。"

"也难说，有些是商家自己刷的。"

五分钟前，他们来到五楼，秦思维问喻可欣想吃哪家店。

而喻可欣不忙着回答，拿出手机点开APP，在网上搜这家商场各个店铺的评分。

结合顾客点评以及晒图的内容，最后选了这家日料店。

包括点餐也是，上面大家推荐什么她就点什么。

也许是评论里吹得太过，导致她的期待值也无限提升。

"我不管，我耳根子软，别人只要说得天花乱坠，我都会相信。"喻可欣承认缺点，"如果真的难吃，我会在下面打差评！还要揭发商家自己刷屏这种小人行径。"

秦思维懒懒地抬了下眼皮，这样子认真的喻可欣莫名可爱。

服务员先上了他们点的大麦茶饮。

两人暂时没什么话好聊，喻可欣喝了口茶，就打量起这家日料店的装修，以及偷瞄附近桌的人都点了什么。

忽然，她嘴角的笑意收敛，眼睛微眯，眼神越发危险地盯着前面一桌人。

具体来说，是盯着那对情侣中的男生，此刻他正拿起一块寿司喂给坐他对面的女朋友。

秦思维察觉她的异状，伸出手在她眼前挥了挥："你干吗，一直盯着别人？"

喻可欣低伏身体趴在桌子上，靠近秦思维的方向，双手拢在嘴边，轻声说"我要是没认错人的话，那我看到了贾亦萱的前男友啦。"说完，她还倾出半边身体，观察那男生的动态。

"贾亦萱前男友？"

"是啊，那个渣男小周。"

"你怎么认识的？"

"花花姐发给我看的。"她拿起手机，翻起自己跟卢思花的聊天记录，试图将那张照片找出来，"花花姐古道热肠，团建那次她送贾亦萱回家，发现贾亦萱家里还放着她跟小周的合照。花花姐当时就拍了照片发给我，说贾亦萱不争气，但又特别心疼她。想想也是，这么些年的感情了，也不是随随便便割舍掉的事情。不能骂贾亦萱，就只能骂小周，所以花花姐专门拍了他的照片特写，以便留着生气的时候拿出来骂。"

在手机上翻找了一下，很快就找出了照片。

两人拿照片比对着那张桌子的男生长相，是小周没跑了。

喻可欣不动声色，以假装自拍的样子，拍了一张小周的照片留着，到时候分享给花花姐看。

她啧啧两声："我就说吧，小周跟贾亦萱分手的事情没那么简单！渣男！这才分手几天啊，贾亦萱人还躺在床上静养，他这边已经跟其他女生卿卿我我的了。生气！"

她看向秦思维，期待他表个态。

秦思维喝了口茶，不紧不慢："对，渣。"

"长得丑还好意思渣贾亦萱！更渣！"

这义愤填膺的模样，秦思维纵容地跟着开口："男性同胞中的败类！不耻为伍。"

喻可欣心满意足。

吐槽要得到别人的回应，心情才更加舒畅。

喻可欣看小周伸出手，握住了女生放在桌上的一只手，看样子似乎是在深情剖析内心。

她内心涌起强烈的八卦欲望，一把握住秦思维的手腕摇了摇："我们换座怎么样，坐得离他们近一点。我想听一下他们在讲什么。"

没等秦思维露出抗拒的神色，喻可欣径直踮着小碎步，已经转移到了小周那桌的隔壁座位了。

秦思维无奈地招手跟服务员说明了情况，带着东西跟着换座了。

这个座位对于侦听小周来说，称得上是风水宝座了。

两人假装喝茶，实际上支着耳朵在听隔壁的对话。

被他们关注的小周无所察觉，还在握着女生的手安抚对方。

"我对你的真心你还不知道吗？我都听你的了，跟贾亦萱早就分手了，现在我就想跟你好好生活。"

"可是我感觉你不爱我。"女生撒娇。

"胡说！我怎么可能不爱你！"

"那也比不过你跟你前女友的感情，你跟她都多少年的感情了，还从小认识到大。"

"我跟她也没有从小认识到大，就是高中开始同学。你说我要是真的喜欢她，怎么可能等到大学才开始交往。我们就是普通同学加上老乡，在大学里专业不同，都碰不到一块，也就是每学期回家的时候，我们结伴而行，路上还有其他好多人呢。后来大家默认我们在一起，我这不是为了保全她的面子才答应的嘛。而且，我那时候也没遇到你啊。你为什么出现得这么晚，没有早早地把我绑在你身边呢？"

他声音温柔低沉，甜言蜜语让对面的女生陷入感动，同时也让喻可欣反胃到差点吐出来。

她紧紧地握着秦思维放在桌上的手，恳切地看向他，无声地说："你懂我现在的憋屈吗？我想找你 diss 这个渣男！我想把我认识的所有脏话都扔到他头上去。但是我们现在坐的距离太近了，为了不打草惊蛇，我只能憋着，不能说！"

秦思维看她涨红的小脸，抚慰性地拍了拍她的手，低声警告："给我把你的'爪子'拿开！抓疼我了。"

很好，这个"狗"男人他不懂！

喻可欣愤愤然地放开秦思维，接着听隔壁还能说出什么不要脸的话。

女生娇滴滴地说："你跟她在一起好惨哦。"

小周："以前有多惨，现在我就有多幸福。我以前不知道爱情是什么感受，现在，因为你我才懂得了幸福。"

"你前女友太过分，还一直缠着你不放。"

"事情都过去了。"小周一副受害人的模样，"我们珍惜现在。"

喻可欣听得上火，重重地把杯子放在桌面上，发出清脆的"啪"一声，杯子里的水溅出打湿她的手。

这个声响吸引了小周跟他女友的注意。

秦思维没理会，抽出纸巾递给喻可欣："擦擦，还好这水是温的，要不然你真的够丢脸。"

喻可欣："我生气！我忍不住！我看到渣男还倒打一耙我就想骂。"

小周闻言，都没确定是不是在影射自己。

喻可欣倏而站起，走到他们这边。

这时小周知道了，人家这真的是冲着自己来的。

喻可欣并没有给小周开口的机会，她全靠心中一股气撑着。

"所以你是贾亦萱那个渣男前男友？！"

小周口气不善："你是谁啊？你是贾亦萱派来的吗？你告诉她，分手了别搞得这么难看，要不然……"

"要不然怎么样？要不然我们给你宣传宣传，你是怎么让女朋友养了一年多，在家吃着软饭，还在外面吃野食？女朋友怀孕，你直接给自己戴上绿帽说孩子不是你的，然后单方面分手，让她一个人去流产了。明知道女朋友辛苦工作接外单加班，你故意怀疑她外面有人了，你还是人吗你？其实不是你女朋友外面有人，是你早在外面勾三搭四了是吗？"

她口齿清晰，语速流利，声音不大不小正好让安静的店里大家都能听到。

所有人都暂停进食，专心地围观这桌的事情，还有人已经开始掏出手机录制视频。

小周又气又心慌，一时之间不知道怎么反驳，只能拉贾亦萱出来。

"我都不认识你，你也不知道我跟贾亦萱之间到底什么关系，自然是你们说什么就是什么。"

"你都承认我说什么就是什么了，那还说个屁？！直接说自己天生犯贱就是渣男就好了！还什么分手不要搞得那么难看，这句话我还给你。"喻可欣仿佛是最佳辩手附身，一开口就是逻辑，"知道你们的事情，贾亦萱的朋友们都说要来找你算账。是她本人说不值得跟渣男浪费时间，我们才算了的，不然你以为你现在的好日子是什么来的？顶着你这张丑脸说些情话来的吗？！居然有脸在这里倒打一耙？你不爱贾亦萱，那跟她同居是她逼你的？跟她有孩子也是她逼你的？你真是好一朵盛世清纯白莲花。"

小周气得浑身发抖，他女朋友坐在座位上恶狠狠地瞪着喻可欣："不准你骂我老公！你算什么东西出来指指点点！"

喻可欣对女性还抱着一丝宽容："乖，看在你被渣男蒙骗的份上，我不找你麻烦，你一边待着去。"

店里的观众已经充分解读了喻可欣话中透露出来的消息，此时吃瓜群众都站了队，议论纷纷：

"刺激啊，前女友的朋友来替她手撕渣男！"

"吃软饭还出轨，是一边吃着软饭，一边不断挑好饭碗吗？"

"这朋友也是够彪悍。"

"其实男的说得也没错，朋友不了解事情全过程，说不定有什么其他隐情呢。"

……

众人的指指点点，让小周站起来，企图压住喻可欣的嚣张气焰："你不要太过分！我的事情轮不到你来指手画脚！"

"我本来也没想说的，你以为你谁啊，我吃饱了撑的要来'狙'你。是你太不要脸了，跟别人表白就表白，你还踩一捧一。怎么，渣了贾亦萱还不够，还要把她当垫脚石，给你跟你现女友的爱情贡献最后一份力量吗？"喻可欣转头对坐在位置上的女生说，"姑娘，你可长点心，现在他当你的面踩前女友，以后说不定他在哪个女人面前就踩你了。别人以史为鉴，你就以贾亦萱为鉴就够了……"

喻可欣话还没说完，就被人推了一把，围观群众不约而同发出一声惊呼。

好在，身后的秦思维接住了喻可欣，把她扶稳站好。他脸上已经浮起怒意，冷冷地凝视小周："我以为做了错事就躺平任嘲，动了手那就是另外的事情了。"

他一边说一边向小周靠近。

他身高比小周高了大半个头，慢慢逼近就很有威压感。

这时候，一直坐在座位上的女生慢慢站起来，显露出她原本已经被桌子挡住的大肚子。她拦住秦思维："你们要干什么？是那个贱女人一直不肯分手的，她完全就是自作自受！"

喻可欣第一时间注意到她的大肚子，猝不及防地爆了粗口："我嘞个去！"

她不知道贾亦萱到底怀孕几周，但撑死不超过三个月。而感谢如今的小说与电视的科普，她知道显怀了还明显隆起的肚子，肯定已经怀孕五六个月了。要是对方的孕相不明显的话，说不定更长久。

那不就说明，小周这渣男，早就出轨了！还两边都不放！

喻可欣指着女生对小周冷笑："你要么再给自己戴顶绿帽说这孩子不是你的，反正你业务也熟练；要么就大方承认自己劈腿，还污蔑贾亦萱外面有人，让她自己打胎。"

这出戏实在精彩，一个高潮接着一个高潮，围观的人越来越多，大家已经自发在人群中科普了每一个值得惊呼的彩蛋。

小周又想去推喻可欣，让她闭嘴。

他伸出的手被秦思维一把擒住，并给了喻可欣一个眼神。

喻可欣福至心灵，上前抱住女生："来来来，看你误入迷途，我来跟你讲讲道理。当小三者人恒三之你知不知道？今天他找小三，明天就能找小四小五小六你知不知道。"

"我不听你这些屁话！你们不要打人！"女生流着泪，不停挣扎，但因为顾及到肚子，力道也不敢太大，她哭着向周围的观众求助，"报警啊，你们帮我叫警察来！"

"好好好，报警报警，你先坐下。别人不报警，我来帮你报。"喻可欣紧紧地箍住女生，使出吃奶的力气把她带到自己桌，背对着秦思维及小周的方向。

身后，秦思维的铁拳"亲密"地接触上了小周的脸。

虽然双方实力悬殊，但秦思维不免还是挂了彩。

从警局罚完钱出来，秦思维被喻可欣押送去了医院。

秦思维十分不乐意，他不承认被小周揍到了，让他去医院包扎伤口感觉就输了。

喻可欣遗憾今天出门没有随身带着小镜子，否则就让秦思维好好看看他这张从帅哥沦落成猪头的脸，认清一下现实。

坐在医院走廊上，她孜孜不倦地吹着彩虹屁："老板你维护正义的样子太帅了。你就是我们四海的蝙蝠侠、钢铁侠，我们正义的好邻居……"

"得了，你漫威看多了。"

"不！我真心实意。今天我为什么勇敢站出来，就是因为我知道你不会袖手不管，我有你这个坚实的后盾！要不然小周气急败坏揍我了，我也就歇菜了。老板你特别 man！帅到炸！人帅心还美，老板你就是完美！"

秦思维想笑，但带着伤的嘴角提醒他要收敛。

其实他一开始真的不想多管闲事，人家贾亦萱都说事情已经过去了。但后来小周开始推搡喻可欣，他觉得应该给点教训。他就在旁边呢，还敢欺负他的员工？这是明显把他当空气呢。

他痛得"嘶"了一声，克制着得意："也不算什么，他这种人有胆子做，没胆子承认，还要动手打人。有点脾气的就想暴揍一顿教他做人。"

问题是，老板其实也没什么脾气，就是得过且过的一个人。

喻可欣其实并没有指望秦思维能插手，他明摆着是怕麻烦的人，多事不如少一事的那种。再加上上次在医院里，护士误会他是贾亦萱男朋友，还数落了他一顿，他都没有生气。

想到这里，喻可欣恍然大悟，秦思维打小周一顿真的不算冤。他还替小周挨了一顿骂，真是有缘分。

可就是这样子的秦思维能站出来帮忙，喻可欣才更加感受到暖心。

"秦总打他就是脏了手。"喻可欣捧着脸，真心夸赞，"小周这种人要是能学到秦总的百分之一的优秀都不至于是今天这副样子。秦总又善良又贴心，还很绅士，关心员工……"

这一刻，喻可欣眼中的秦思维，没有缺点！

"你也不赖。"秦思维终于学会了反向夸奖的艺术，"理直气壮，条理清楚，逻辑连贯，正气凛然，把那渣渣怼得说不出话。"

喻可欣加大彩虹屁输出："老板，你也是，气场强得一出马就镇住了小周，懂得该出手时就出手，武力值强大，安全感 max ！"

秦思维快被夸上天，由远及近的脚步声让两人一致回过头。

秦思维见到亲人，两眼泪汪汪："哥——"

这声"哥"喊得情真意切，包含了委屈跟撒娇，娇憨得让喻可欣平白打了一激灵。

秦立海快步走到弟弟面前，捡起小时候收拾弟弟打架后的烂摊子的功力，熟练地扶着秦思维两边的胳膊，让他站起身，上上下下没有死角地将他仔细看了一边，确认弟弟除了皮外伤没有其他地方伤到，这才稍稍放心。

他盯着秦思维脸上碍眼的瘀青，难掩心疼："还疼吗？"

"有些。"

喻可欣能确认了，秦思维真的是在撒娇。

看看他纯洁无瑕渴求被哥哥抚摸的无辜眼神，以及略带鼻音莫名还有些嗲的声调，现在的秦思维俨然是个秦家小公主的存在。

可秦立海非常吃这一套，他放柔声音："怎么跟人打架了？谁欺负你，你跟我说，我替你收拾掉就好了。"

尽管都不是小孩子了，但喻可欣一定得说，她想有个像秦立海这样的哥哥了！

这是什么神仙哥哥！

秦思维，我命令你立刻原地撒娇！把我这个没有哥哥可以撒娇的人的那一份撒娇也一起给撒出来！

喻可欣按捺住内心的尖叫，抿紧嘴巴悄无声息地观察这份感天动地的兄弟情。

"那人太欠揍了！还当着我的面欺负我员工。"秦思维熟练地告状，可以看出来以前他这种事情没少做，"哥，听说这人还是威盛科技的销售。"

"威盛科技？"

"嗯！"秦思维点头，"业务能力还差，都不知道怎么还没被开掉的。"

"你等哥给你找回场子。"

"好。他捶我脸的时候下了很大力气。"

喻可欣不由得望天，小周惨就惨在人不在现场，要不然秦立海就可以看见他被秦思维打得有多惨。

不过马上，喻可欣知道了，小周可以更惨。

秦立海在手机里发了几条消息后，就抬头通知秦思维："打你的人被开了。我打了招呼，本市内的同行都不会录用他。他的个人档案上的评语按照他的一贯表现，也不会太好，到时候找工作会有一些麻烦。"

大哥好狠一男的。

可是，有这样的大哥会很爽吧！

已经酸成柠檬精的独生女喻可欣，羡慕地看着秦思维献上他的"大拇哥"，笑容满面地夸奖他亲哥："哥，你不愧是我哥！赞！"

处理完这件事，为弟弟操完了心的秦立海终于发现了喻可欣的存在。他上下一打量，脑海中响起罗邓丽后来跟他通的电话。

这个女生应该就是他妈妈口中的"还不是女朋友，但跟小维好像有点儿苗头，发展趋势非常可观"的助理了吧。

秦立海恢复精英人士的彬彬有礼，问喻可欣："这位是小维的助理小姐吗？"

虽然头偏向秦思维，但明显是在问她。

喻可欣莫名紧张："是，我叫喻可欣，是小秦总的助理。今天跟我们小秦总一起出来办事，但没想到遇到了这样的事，让小秦总受了伤。"在秦立海面前，她自觉把秦思维的称呼降成了"小秦总"。

"也没什么大事。"秦立海笑得温和，"听小维提起过喻小姐，他夸你细心周到，总是热情洋溢的，很有活力。"

罗邓丽午后的那一通电话给他完整地复述了卢思花对喻可欣的评价，非常及时，以至于他现在立刻就能用上，顺便还帮他弟弟加分。

要是弟弟跟她没有什么个人情感的可能，还能帮弟弟笼络一个员工。

这几句夸奖也很值得了。

喻可欣没想到秦思维还能提起她，不过，被人夸，特别是被传说中的大佬夸，心情更加好了。她没注意到一脸"哥你在说什么"的秦思维，愉快地吹起彩虹屁："秦总过奖了。您跟我们小秦总真是兄弟情深。好羡慕我们小秦总能有一个这么维护弟弟的哥哥，太感人了。听说秦总是商业奇才，年纪轻轻就掌握了好几家公司，真是年少有为。我们小秦总也经常会说起您，说他很崇拜他哥哥。"

现在一个两个的为什么都要虚假吹捧呢，还要当着当事人的面。

他根本不会跟他哥说喻可欣细心有活力，他要说肯定是吐槽她上班都快走火入魔了。也不会闲到没事拉着喻可欣说自己崇拜哥哥，虽然他真的很崇拜。

但男人之间的感情都不是靠说的。

秦思维越听脸越黑，他清了清嗓子，表示不满。

喻可欣这会儿再也没有日料店里面领会秦思维那个眼神的默契了，她在确定没有读出秦思维的这几声咳嗽到底是什么意思后，秉持本心地接着夸秦立海："您不知道吧，您在我们公司一直是传说的存在。我们经常在想，优秀的小秦总，他的哥哥会是怎样更优秀的人。今天看到秦总，哇，现实中的精英总裁，人帅有气度。"

　　"秦小姐夸得我都快脸红了。"说是这么说，秦立海脸上的笑容明显更加真切。

　　秦思维在旁边凉凉地开口："哥，你别把她的话过分当真了。这种程度的赞美对喻可欣来说基本上就是洒洒水的程度。她在我们公司搞了一个全民参与的大型夸夸群，看到谁都能夸出一堆优点，根本就是马屁精本精。"

　　喻可欣连忙摆手澄清："没有没有，我们讲究要基于事实本质夸奖，要情真意切地夸奖。秦总如此优秀，我当然能多夸一下的！"

　　怎样！会吹彩虹屁怪我咯！

　　我的社会人人设永不倒！

Chapter 9

他弟弟也是凭实力单身。

"我哥有女朋友了。"

秦思维隐射喻可欣的过分热情是对秦立海有企图。

但喻可欣很是理所当然："秦总这么优秀，有女朋友也不奇怪啊。看秦总刚才对我们小秦总的细心，应该对女朋友也很好吧。果然世界是公平的，有小周那样的渣男，也会有秦总这样的优质男性。还好有秦总，我不至于对世界失望。"

不愧是你喻可欣，什么话都可以接下去夸。

秦思维被喻可欣的彩虹屁能力震惊得目瞪口呆，但他梗着脖子不承认："反正你吹过头了，我听你的彩虹屁快听出 PTSD 了。"

喻可欣委屈巴巴："那大不了我以后不夸你了。"

想夸奖词也很费脑力的。

秦思维在他哥哥面前真是不给她留半点面子。

"你是谁的助理！"

"你的啊。但是你说快听出 PTSD，所以我为了老板你的身心健康，决定在你面前收敛一下。"

两人斗嘴斗得非常小学鸡，且已经忘记了第三者。

秦立海并没有阻止，反而抱臂围观，越看越觉得这两个人有意思，他妈妈的期待有很大概率可以实现。

直到护士叫秦思维进去上药，他们才鸣金收兵。

后知后觉的喻可欣在对上秦立海戏谑的眼神后，非常懊恼，秦思维在他哥哥面前变成了秦三岁小公主，为什么她也跟着像是失了智。

秦立海笑了一声，尝试邀请："喻小姐周五有空吗？"

"嗯？"喻可欣以为听错了，下意识地看向秦思维。

秦思维正被护士按在座位上清洗伤口，痛得嗷嗷叫唤。

算了，看他没用。

秦立海接收到喻可欣的疑惑目光，解释道："周五我们家有家庭聚餐，邀请喻小姐来参加。到时候你可以跟小维一起回来。"

"家庭聚餐？为什么邀请我？不太好吧。"

"是这样子的。刚才我妈妈知道了小维跟人打架的事情，很担心，我跟她简单介绍了一下事情的过程，我妈非常感谢你对我们家小维的照顾。"

"秦阿姨太客气了。"喻可欣面上讪讪，语气也变得微弱，"其实今天的事情是我挑的头，小秦总后来也是帮我才出来跟那人对上的。"

就是因为这样子，才更加想要邀请你去参加周五的聚餐了。

秦思维早就过了荷尔蒙掌控大脑的时期，现在的他能用钱解决的事情，绝对不会用拳头解决。

所以出现一个能让他挥拳头的人，怎能不叫他们震惊，怎能不叫罗邓丽女士满怀希望。

秦思维过了那阵痛感，听到他哥的邀请，就明白是怎么回事了。

他无奈地说："哥，人家小姑娘，周五可能有自己的事情。你第一次见面就这么热情地邀请她来我们家吃饭，她怎么好意思拒绝。你这是在为难人。"

说完，他又对喻可欣说："我都让你别这么想了。我打他是他欠揍，不在于是不是你挑的头。你那天要是有别的安排，你只管说，不用顾及我哥的面子。"

喻可欣笑得尴尬。要不是平时对秦思维的了解，她还就真的以为秦思维现在说的是反话了。

现在她要怎么回答？感觉秦思维说了之后，她答应也不是，拒绝也不是。

自家蠢弟弟自家疼。秦立海适时出声："护士小姐要给你的嘴角上药了，你别说话。"

委婉地提醒秦思维闭嘴后，他对喻可欣耸耸肩，做了一个"没办法我弟弟就是这样子"的无奈表情，这个举动让喻可欣放松下来。

秦立海意识到后，才开口："喻小姐，我弟弟从小被我们家宠着，很多方面都像个小孩子，需要人照顾。我妈对他特别上心，听说你是他的助理，就让我一定邀请你来我家做客，谢谢你平时在公司里对他的照顾。要是这周不方便的话，下周也可以的。随着你的时间来，没问题。"

"哦。"喻可欣恍然。

原来是这样子。

她视线飘向老实任由护士小姐上药的秦思维。

她能理解他妈妈的做法。以前她高中需要住在学校宿舍，她妈妈送她去学校时就带了一堆吃的请全宿舍的人吃，希望她们平时能多照顾她一点。高中三年，她妈妈隔三岔五就会送东西去学校，顺便都算上给她室友分的那份。

尽管秦思维在公司特别有老板的样子，但对不管他多大都会把他当成小孩子的秦家人来说，秦思维还是那个需要别人照顾着点的小朋友。

喻可欣点头："好的，我这周有空的。到时候就打扰您家的聚餐了。"

"是我们家的荣幸。我妈妈一定很高兴见到你。"

说话间，秦思维已经上好药，他的脸上被贴了一块纱布，还有些伤口上了黄药水，看上去凄凄惨惨。

秦立海拿着单子去缴费开药，喻可欣陪着秦思维往医院门口走。

秦思维蓦地开口："你别担心，以前我妈也邀请过花花姐来我家吃饭，后来她就成了我妈的眼线。平时我在公司有什么事情，我妈都会问花花姐。"

"啊？"喻可欣傻眼，没想到还有这层意思。

秦思维语气变得意味深长起来："喻可欣，你可不要被我妈的糖衣炮弹给炸得改变立场，你是我的助理，我们是一队的。"

喻可欣眨眨眼，真新鲜，她第一次知道她居然还有立场。

不过老板都发话了，她立即斩钉截铁地表明态度："我肯定不会被收买！"

"说到做到，我会看着你的。"

喻可欣挺起胸膛，尽量走得正气浩然。

她可绝对不是那种会给老师塞小字条的人，除非老师问到她身上。

看到喻可欣的重点被转移，秦思维这才暗自松了口气。

希望喻可欣就这么坚信不疑地以为，罗邓丽女士是需要收买她作为最新眼线才邀请她去家里做客的吧。

秦立海拿完药出来，接管了秦思维，喻可欣才告辞，开着秦思维的车回去了。

秦思维坐上秦立海的车，按照他的习惯躺在副驾驶座上，侧着身对哥哥虎视眈眈。

"干吗这样看着我？"秦立海注意到弟弟的举动，好笑地问。

"你为什么邀请喻可欣来我们家吃饭？第一次见面就说这种话，很让人尴尬的。"

"就我说的，咱妈想邀请的。"

"居心不良。你们不要多想，我跟她没什么可能的。"

"我没多想啊，就是咱妈邀请你的助理去家里吃饭而已。"

"别装蒜！"秦思维直截了当，"妈她肯定又为我找女朋友这件事情着急了。她盯上了喻可欣对不对？"

秦立海专心开车，没有说话。

秦思维："我不喜欢办公室恋情。这样要是分手了，就太难看了。"

"那就不分手呗。"

秦思维："……"

我在跟你谈我不跟同事谈恋爱，不是跟你讲怎么避免办公室恋情的后果。

秦思维气得翻了个身，背对着秦立海，不想跟他说话。

秦立海空出一只手，像小时候那样胡噜了下秦思维的头。

秦思维晃了下头："别摸我头，头发都快被你薅秃了。"

"小气鬼。"秦立海笑骂，随即回归正题，"听说你上次还抱人家去酒店，还跟她在大巴车上坐一起。"

"我是扛着她去的，她那么重，我哪里抱得起来。"

秦立海被哽住，他弟弟"注孤生"他都觉得是正常的。

忍下不管这摊事的冲动，他重新谈起心："撇开其他因素，单纯就个人本身而言，你对喻小姐什么看法？"

秦思维依旧没回头，他对着车门，一言不发。

但因为他哥的这句话，无数个时间点的喻可欣慢慢地浮现在他脑海里。

自来熟的，拘谨的，卖乖的，滔滔不绝的，理直气壮的，酒醉安静的，跟人吵架的……

最后他摇了摇头，打散这些画面。

一定是他哥的话术升级了。

回到家，罗邓丽女士早就等在家门口，见到小儿子脸上的伤，捧着他的脸嘘寒问暖。

"哎哟，看我家小维的脸，怎么伤成这样了？你哥还跟我说只是一点小伤！"罗邓丽女士心疼得快落泪了，也不耽误百忙之中给秦立海一个白眼。

秦思维安慰："妈，真的只是皮外伤，不严重。现在上了药，看上去才觉得比较厉害。"

"打你的人太过分了！现在怎么还能随随便便打人呢！"

秦思维心虚地撇开视线，罗邓丽女士只知道他被人打了，不知道是他先打的人。

"累了吗儿子？你先回你房间休息下，晚点儿我再喊你下楼吃饭。"

"好，我先上去躺一躺。"

亲妈果然最了解亲儿子。罗邓丽见小儿子一副恹恹的样子，就知道他想躺着休息了。

见小儿子慢悠悠地上了楼梯，罗邓丽迫不及待地拉过大儿子了解情况。

"你请到人了吗？"

"嗯，答应周五来我们家做客了。"

"你觉得那姑娘怎么样？"罗邓丽眼含期待。

"挺好的……"话说到一半，秦立海没往下说。

罗邓丽好奇地抬头望向长得比她高出两个头的儿子："嗯？怎么不说了？"

秦立海没顾得上亲妈，冲着楼梯方向露出笑脸："快回去休息吧，你肯定累坏了。"

站在楼梯上狐疑地眯着眼看交头接耳的两人的秦思维，还是不肯转身："你们在偷摸聊些什么？"

罗邓丽："妈妈跟你哥打听你为什么打架的事情。你哥哥在电话里说得不清不楚的，我总得要问明白我儿子为什么被人打吧。"

"是这样吗？"秦思维更怀疑了。

"要不然还能问什么？"

"行吧。"秦思维妥协，"你们聊。"

目送秦思维回房间，秦立海才跟他妈说："我觉得女孩挺不错的。小维跟她待一起也活泼，两人气氛很好。"

罗邓丽欣慰得都快合掌谢天谢地了。

"那我这两天得准备好，周五好好招待人家。"

儿子脱单有望，她睡觉都能睡得香了。

睡了两个多小时，到饭点儿是罗邓丽把晚餐端进来给秦思维的，吃完她来收走碗筷，留下一个果盘。

明明只是伤到脸，全家用断手断脚的规格来照顾他。

秦思维习以为常，索性也就懒癌发作，一直躺在床上刷网页，争取做个12G网上冲浪儿童，天下事尽知的那种。

看得无聊了，他闭上眼睛转了转眼珠来缓解视力疲劳，又点开了连接公司的监控器APP。

上午从公司里跟喻可欣出来就没回去看过，今天四海广告公司每个人情绪高涨，秦思维乐意多看看如此生机勃勃的他们，干脆从监控视频里面再回顾一下。

他把视频调成 1.5 倍速，半躺在床上调整成一个舒服的姿势，心不在焉地看着，有时候出一会儿神，有时候在果盘里挑挑拣拣拿起一块切好的水果，看着视频一口一口地慢慢吃着。好不容易看到下班后，他正准备退出 APP。

突然，他停下了动作，眼神变得锐利。

他把视频往回倒，重新看了一眼。

这个点儿公司里的人走得差不多了，保洁员之一的倪阿姨进来清理卫生。

视频里，她先走到休闲区，擦干净吧台上的水渍。这儿放着饮水机，公司准备了一些咖啡跟茶包放在旁边，供大家平时使用。冲泡的过程中，免不了会有一些污渍留在吧台上面。所以倪阿姨每次都会花力气清理这一块重点清洁区。

而今天，倪阿姨一边擦一边拿起上面的一个东西，看样子应该是手机。她来回翻看，按亮手机屏幕，在屏幕上戳戳点点，然后就把手机装进自己的工作服兜里了。

秦思维神情严肃，他关掉这个监控，开始翻看过去的录像视频。

公司里安装的监控是一个月覆盖一次，秦思维揉了揉鼻梁，专注地查看过去一个月里，倪阿姨出现在公司里的片段。

幸好，过去一个月内，没有再发生倪阿姨拿别人的东西的事情。不过，她的手脚确实不怎么干净。她会把一些公司放在休闲区的茶包饼干小零食装进口袋里，有时候会拿走一些办公用品，总之都是些拿了不太容易被发现的小东西，追究起来也无关紧要。

确定这个，秦思维稍微放下心，准备明天去公司找倪阿姨聊聊。

第二天，伤处瘀青的视觉效果更加具有冲击力。秦思维戴上墨镜跟口罩，对着镜子照了照，意外地很满意，这样子的他可以走酷 guy 路线。

他牛气哄哄，大摇大摆地走进公司。

"老板早。"

遇到员工跟他打招呼，他保持酷 guy 路线，做作地抬手表示"知道了，跪安"，惹得周围的同事一同好奇地看过来。

"秦总早啊。"喻可欣的声音。

秦思维一只脚成功踏进办公室，头也不回地往后抬手打招呼。

结果，他抬起的手上被挂了一袋子东西。

秦思维动作愣住，扭头看已经成为挂钩的自己的手。此时上面白色塑料袋里能清晰可见一袋包子跟一杯豆浆。

他错愕地面朝喻可欣，等待她的一个解释。

喻可欣用下巴示意他手上东西："给你准备的早餐。本来想放在你办公桌上的，碰巧你就来了。听说你经常不吃早餐，这样对胃不好。"她晃了晃自己手上正喝着的豆浆，"我每天需要给自己买早餐，正好给你多带一份。"

秦思维忽然了然般地点头："你动作不会这么快吧。昨天刚听我哥说，我妈请你是为了让你多照顾一下我，今天你就开始解决我的早餐问题了？"

因为嘴角的伤，他的嘴巴不能张得太大，有些咬字的发音就变得含混不清。

喻可欣皮笑肉不笑："是啊，就当我提前抱紧领导大腿。"

秦思维见好就收："谢啦。"

"不客气。"

说着话，秦思维转身往办公桌走去，走动过程中从袋子里拿出豆浆跟包子。

等落座时，就正好插上吸管开始喝豆浆了。

喻可欣跟着他身后进办公室，见状还很贴心地提醒："要是介意早餐会冷掉的话，你最好再早一点点来公司。"

秦思维耷拉下脸："那我选择不吃早餐。"

"行吧，随你。反正公司有微波炉，你可以加热。"

"有事？"秦思维咬了一口包子，见喻可欣还没离开。

"嗯，有点儿。早上保洁倪阿姨来公司了。"

秦思维停止咀嚼，片刻后又恢复："她来干什么？"

"听说是她昨天在我们公司休闲吧台那边捡到了一部手机，今天来问是谁丢的。后来我们公司的新员工认领了。花花姐考虑，要不要给倪阿姨一点点奖励。毕竟是拾金不昧，也算鼓励一下好人好事。"

秦思维五味杂陈，不知道该说什么，还想着下午就亲自开掉倪阿姨，没想到峰回路转，早上就解开了误会。

不过手机既然被忘在公司里，她不拿走放在原处应该也没人拿的，失主早上来公司就能顺利找到。她为什么多此一举，昨天拿回家，今天又回来找失主？

说是偷东西也算不上，但好人好事又让人想不通。

秦思维多留了个心，他咽下嘴里的东西，想好理由，回复喻可欣："要不你先去打听一下倪阿姨的家庭情况，了解清楚后，我们也好再商量，是给什么奖励，给多少。"

"也对。那我先去打听下，到时候再来汇报。"

领了任务，喻可欣走出总经理办公室，恰巧赶上了大厅里的一出好戏。

她看见卢思花站在大厅中间，拉住路过的刘明。

卢思花满脸喜色："哎，刘明，姐姐给你介绍个对象啊。"

她说话的声音比较大，基本上大家都听得见，七嘴八舌地起哄：

"花花姐介绍什么人给刘经理啊？"

"花花姐也看看我们啊，我们都是单身狗！"

"干脆公司安排一场联谊吧花花姐，解决大龄单身男女青年的婚姻问题。"

"走走走，你们都赶紧认真上班去。介绍对象这种事情得按年龄顺序来，我今天先帮老大难刘明解决一下，以后再轮到你们。"卢思花三言两语打发掉看热闹不嫌事大的同事，她收小声音，对刘明说，"你把周六下午的时间空出来。那天我约姑娘出来跟你见面。"

刘明因为同事起哄，脸红得快滴出血，他扭扭捏捏："周末啊。那过两天再说吧，姐。"

"还什么过两天。我现在这是在通知你，不是问你意见。"卢思花大包大揽，"你放心，姐姐给你介绍的人绝对靠谱。女方各方面条件都不错，我是看她优秀，你也优秀，两个人挺般配的，才给你介绍。你去见一面，成不成另说。"

刘明脸上的表情，开心多过羞涩。他想了想，最后点头如捣蒜地应承下来。

卢思花开心地拍了拍刘明的肩膀。

谈妥之后，两人欢快地各做各事去了。

"我的老天爷，花花姐在林美芽的身上精准地插上了致命一刀。"

旁观者喻可欣如是发出一声感叹。

她将视线直直地定格在林美芽身上。

此时的林美芽，黑着一张脸，完美印证了她的这句话。

扎心了。

Chapter 10

爱情真是个折磨人的词语。

林美芽的气场太低迷，在周围满是调侃"希望刘经理相亲成功，以后就能轮到我了"的声音中，显得格外孤独。

喻可欣摇摇头，暗恋太苦了，有那个工夫为什么不在事业上勇攀高峰呢？

思维拐得非常百转千回的她又被自己励志到了。

喻可欣想到正事儿，转身前往卢思花的办公室。

办公室的门没有关，卢思花坐在位置上打电话，听话音是在与她要拉媒保纤的女方那边确认周末相亲的事情。

喻可欣站在门口等了一下，直到卢思花挂断电话，脸上喜意未散，她问喻可欣："小喻有什么事吗？"

"我跟秦总汇报了倪阿姨的事情。秦总也说该奖励倪阿姨，弘扬一下这种好人好事。不过他提议先了解一下倪阿姨的情况，然后再看是不是给一些现金奖励，更能够帮助她。"喻可欣解释原因，"所以，我就先来问问花花姐你啦，看你了不了解倪阿姨的事情。"

卢思花了然，反手就是一个马屁："原来是这样子。不愧是我们小秦总，想得就是这么到位。"

商业吹捧这种事情，喻可欣从来不认输。她立马跟上："对，老板体察入微，着眼细节，谁听了不夸一句好。"

喻可欣还是这么喜欢小秦总啊。也对，小秦总在她面前确实表现得挺优秀，值得喜欢。而且，他们在一起画面也挺搭，两人气场看上去非常合适……

"花花姐。"迟迟没有得到卢思花的回复，喻可欣喊了声，打断了她的遐想。

"哦，我在想关于倪阿姨的事情。"卢思花为自己"挽尊"，"倪阿姨的丈夫好像在生病，不能工作，家里就靠倪阿姨出来挣钱。不过你也知道，她年纪大了，别的事情做不了，只能当保洁，赚得也不多。"

"啊？那她没有孩子吗？"

这个年龄，孩子应该开始工作赚钱了吧。

卢思花仔细回忆："好像没听说过，我也不清楚。反正生活拮据是肯定的了。"

"那我就先跟秦总说一下大概情况。"

"应该的。我也会再去打听一下倪阿姨的事情。"

这件事说完，喻可欣还不打算中止谈话。

她话锋一转，说起另外一件事情："花花姐，我从秦总办公室出来的时候，正好听见你要给刘经理介绍对象啊？"

语气够怂恿，加上一脸渴望解惑的表情，成功引起卢思花分享八卦的心情。

她很开心地加入对话："是啊。我也是看他迟迟没有动静，才替他操这个心。"

"女方是什么情况呀？"喻可欣用她妈妈和富婆阿姨们聊天时候经常用到的句子询问。

"小学语文老师。性格温和，模样也很周正，反正是挺宜家宜室那类型的。"卢思花对这个人选很是满意，"是我朋友的侄女。上次我去她家正好碰上，我当时就想到了刘明。"

她把自己手机解锁："你过来找我的时候，我就是在跟我朋友联系。让她发了一张她侄女的近照，你看看。"

喻可欣扫过手机屏幕，里面的女孩子浑身一股教师的气质，过肩长发，穿着打扮中规中矩，是一个一眼就能让人产生好感的人。虽然林美芽也很不错，但和照片里的人比起来，她更活泼稚嫩。

"花花姐说得没错，一看就知道是个很优秀的小姐姐。"

"那是必须的啊。做媒，就是得双方人选都靠谱。要不然我不是做好事，反倒是跟人结仇了。"她很懂一个媒人的自我修养，"刘明长相虽然一般般，但也不丑。身高可以，收入可以，人品也可以，那不就挺好的嘛。"

"嗯嗯。花花姐你说得对！"喻可欣捧眼捧得很诚恳，她试探性地问，"但是，花花姐，不是说肥水不流外人田嘛，公司里有挺多单身的女同事，为什么不发展一下？"

这个问题卢思花似乎从来没想过，她若有所思："也没觉得公司里有哪个女孩子跟刘明比较合得来呀。"

顺着这个思路想下去，她豁然开朗："我想起来了。以前我也想说公司小姑娘这么多，我们公司的单身男青年会不会内部消化一下，但这么久了，也没什么消息。所以要真是能看对眼，也不会等到现在了。"

要不是发现林美芽对刘经理的心思，喻可欣也会同意花花姐的说法。

但，这个理论下恰恰还有林美芽这条漏网之鱼。

话又说回来了，林美芽为什么会喜欢刘明呢？

带着这个疑问，喻可欣回到工位，单手托腮，另一只手耐不住寂寞地转动着水性笔，目光正好凝视着隔着一个大厅的林美芽的位置。

宽大的电脑屏幕完全遮住了当事人，喻可欣不清楚此刻林美芽是不是还在情绪低落。

她来四海的时间非常短，过去几周也都没有把心思放在设计部那边，所以并不清楚林美芽是什么时候开始喜欢刘明的。可当她知道林美芽暗恋刘明时，还是挺震惊的。

毕竟林美芽这种潮流的年轻女孩，一般都比较颜控，不像是会喜欢刘明这种类型的人。

另外，她在大学里也没怎么见识到为别人默默付出的暗恋场景，以貌取人的她更想象不出林美芽居然还搞这种戏码。

但是，这样子的反差才让喻可欣隐约产生些共鸣。

爱情真是个折磨人的词语。

全员都缩着肩膀在电脑屏幕前兢兢业业工作的模式中，突兀地加入了一个伸长脖子眺望设计部的人，是会非常显眼的。

秦思维再次路过喻可欣身边时，他忍不住用食指轻轻叩了几下她的工作桌。

"看什么呢？你也不怕把自己看得脖子脱臼。"

几分钟前，他从办公室出来就看到她在走神，现在回来了，居然还是姿势不变，仍旧望夫石状态。

顺着她看的方向看去，也没什么值得注意的事情啊。

上班开小差被抓包，喻可欣变得心虚。

她支支吾吾："没，没什么。"忽然，脑子里蹦出一个可以把这件事圆过去的事情，她顿时理直气壮，"对！我有件事情要向你汇报一下，所以我在整理语言。"

秦思维的眉毛微不可察地向上挑动了一丁点高度，勉强没有拆穿她的谎话。

他歪头对她示意，跟着他一起进办公室说。

喻可欣说的事情，自然是关于倪阿姨的。

她把从花花姐那里了解到的事情跟秦思维复述了一遍，还加上花花姐最后的那句话："花花姐说她再打听一下倪阿姨的其他情况，之后再来告诉你。"

"好，我明白了。"他揉了揉鼻梁，缓解眼睛的酸涩感。

"给倪阿姨的奖励……"喻可欣没有说完话，不过，等秦思维拿主意的意思已经非常明显。

秦思维应得爽快："行，我到时候想一下，给你答复。你在外面一直看向设计部那边，是在看什么呢？"

"林美芽呀。"

喻可欣没有料到秦思维的讨论重点转移得如此之快，听到他的问题她就下意识地回答了，等反应过来到底说了什么的时候，正好对上他计谋得逞的笑容。

"你这人！"

"聪明机智英俊帅气迷人潇洒。我知道，你不用夸我。"他大言不惭，还不忘让她封口，"毕竟我是老板。"

喻可欣忍气吞声："是，老板说什么都对。"

职位碾压，她只能用暗讽来偷偷吐槽。

占到便宜的秦思维自认已经胜利，不理会这种话里的机锋："林美芽有什么问题吗？"

基于上次团建在回来的大巴上，这个秘密已经不小心暴露给了秦思维，喻可欣也没有遮掩。

"花花姐在大厅对刘经理说给他介绍对象，周末安排吃饭。刘经理答应得很开心。"喻可欣颇感慨，"你没看见，林美芽当时的脸，瞬间黑了。"

秦思维是个合格的听众，只听八卦不做点评，"安静如鸡"地等待喻可欣的下文。

喻可欣继续："不过我觉得，那位相亲对象真的很不错。看上去就像一位成熟的小姐姐，照片上笑得很温柔，属于越看越漂亮的类型。听花花姐说是小学的语文老师。总之，我要是刘经理，我会比较喜欢这类型的。"

"比起来，我更希望刘明能跟这位女老师在一起。虽然我们公司没有禁止办公室恋爱，但除非是奔着结婚去，否则在同一个工作环境中恋爱还是弊大于利的。"秦思维适时给出评价，"花花姐这方面还是很靠谱的。"

要不然，也不能是他妈妈在四海的联络员了。

喻可欣："不过，相亲哎。两个不认识的人坐在一起，想想都很尴尬呀。"

秦思维不以为然："又不是社恐，肯定能聊起来啊。你操这个心干什么？"

"因为我很好奇啊。"喻可欣试图表达自己对相亲的看法，"坐一起，开始尬聊，两个人像是给货品评分一样，给对方打分。目的都是赤裸裸的。你不觉得这样特别功利吗？"

对上她寻求答案的眼神，秦思维内心差点呕出一口血。

因为罗邓丽女士的安排，他的相亲经验在过去一年里丰富到可以出几本书的程度。而每次坐在那里，也真如喻可欣所说，不是被人挑剔，就是挑剔别人。

有被内涵到的秦思维挣扎着说："其实相亲形式并非只有你说的这种情况。"

"那比如呢？"

秦思维一时语塞。

他要怎么说，其实他大哥邀请她周五去秦家参加聚餐，就是一种变相的相亲。

秦思维略带"大仇得报"的眼光看着面前还毫无所觉的喻可欣，愤愤然地想，对，你就是罗女士心中的相亲人选，让你到时候走一遍相亲流程！

"怎么了？"秦思维现在有点怪怪的，喻可欣不得不问一句。

"没事，就突然想知道，明天早餐吃什么。"

"你想吃什么？"喻可欣尊重这位朋友的点餐需求。

"豆浆油条？我好久没吃油条了。"

喻可欣拉长语调："油条啊——"她继续说，"油条冷了就不好吃了，就算微波炉加热过都不行。"

"加热豆浆就好了，把油条泡进豆浆里，也不在乎它是冷还是热。"

喻可欣，服气。

不过第二天，秦思维还是早起了一回。

晚睡晚起的人呼吸到清晨新鲜的空气，也不知道是不是心理作用，浑身都是神清气爽的劲头。

秦思维开心地下了楼，踩踏在台阶上的脚步格外轻快，踢踢踏踏的，一下子就引起了坐在餐桌旁吃饭的罗邓丽的注意。

她看了手腕上的手表，诧异出声："你今天怎么这么早就起了？"

秦思维摆摆手，故作不在意："没什么，就是睡醒了。我爸呢？"

他很少在这个时间点起床，想踩一脚家里其他的上班族，来捧一下自己。

结果……

"出门了，说今天公司有个早会。"

"那我哥呢？"秦思维不放弃。

"他啊，在外面晨跑了半小时，回来吃过早餐就说去公司了。"

秦思维："……"

一大早能做这么多事，大哥不愧是大哥。

秦思维重振精神："那我也去公司了。"

"还没吃早餐呢。"罗邓丽招手让他过来坐下，"你平时起得那么晚，过了早餐的点儿。今天难得早起，过来吃点东西垫垫肚子再走。"

"不了。我去公司吃。"

"公司里能有什么吃的？"

"别人给我带的早餐。"

罗邓丽抓住重点："谁给你带的？"她放下手中的混合果汁，满脸狐疑，"你这个点儿起床，该不会就是为了去公司吃早餐吧？"

"怎么可能！"秦思维像是被人戳中心思一般，跳脚，"妈您说什么呢！我是那种为了早上一口吃的就勉强自己的人吗！"

罗邓丽不买他的账，直言不讳："难说哦。"

"就是昨天没有玩游戏，睡得早了一点。"秦思维再次澄清。

"谁给你带的早餐？"

"还能是谁，当然是我助理啊。"看到他妈变了样的眼神，秦思维补上，"现在她要做的事情也不多，当然是要履行其他助理的职责，照顾一下我这个领导喽。"

这段解释根本不会被望子成家的罗邓丽女士听进耳朵里。

她期待地问:"还帮你带早餐啊!这姑娘是不是也喜欢你啊?"

这句话在秦思维看来,真是"槽多无口"。

什么叫作"也喜欢你"?去掉"也"字是谁喜欢谁?

什么叫"喜欢你"?给带他早餐就是喜欢他了?

这几个超过阅读理解题,都快能赶上哲学思考的问题一路上都困扰着秦思维。

直到他进入公司,脑内才停止喧嚣的吵闹。

没有遇上上班高峰期,秦思维畅通无比地在八点半之前就到了公司,震惊了已经来上班的同事们。

甚至还有人给尚未到公司的同事发微信:"小秦总都这个点到公司了,你有什么脸比老板来得还迟。"

结果对方马上回复:"义务教育九年都教不会你说个小谎吗?你就是说公司倒闭了都比说小秦总现在去公司了让人信服。"

最后那人不得不拍摄了一个小视频发过去,才证实了刚才那句话不是一个世纪谎言。

对方说:"等着我!我也要见证奇迹!"

秦思维根本不会知道,他早到公司比四海原地倒闭还要让人惊讶。

因为时间尚早,大厅里空空荡荡,显得异常寂静。

他瞥了一眼还空着的总经理助理的工位,得意地轻哼了一声,潇洒地进入自己的办公室，还特地没有关上门，彰显这个房间里有人的事实。

喻可欣进公司，大家还在把"小秦总来了"当作一件新鲜事相互分享。

她摸了摸还温热的油条跟豆浆，站在敞开大门的总经理办公室门口，手指关节在门上轻轻敲动。

办公室里光线暗淡，是秦思维嫌弃窗外阳光太刺眼，将全部的遮光窗帘拉下了三分之二。而他本人，正躺在专属的办公椅上，陷入睡眠中。

被敲门声惊得立刻睁眼，秦思维下意识地往门口方向看去。

"哦，你来啦。"他努力压制住语气里刚睡醒的慵懒，装作只是闭目养神而已的样子，扫了眼时间，"今天你踩点来的吧。"

"对，路上有点堵。"喻可欣将手里的东西放在桌子上，"你今天来得好早，我给你带的东西都还是热的。"

"早上被我妈吵醒了，我就早点出来躲清静。"他绝对不会露出半点特地早起的意思来。

喻可欣点头。难怪来公司了又在这里躲着睡觉。

场面一时安静，秦思维打开早餐袋子。里面不只有豆浆跟油条，还有一个鸡蛋、一份蔬菜沙拉跟一瓶鲜奶。

"怎么这么多？"秦思维拿出东西，问喻可欣。

　　"早上只有油条跟豆浆，怕你吃不饱。其他三样是我自己弄的快手早餐，就干脆帮你也捎一份。"喻可欣坚信"一天之计在于晨"这句话的关键是早餐吃得好，"品类丰富一些，营养更全面一点。"

　　秦思维毫不吝啬地竖起大拇指："为你点赞。"

　　但是，早上罗邓丽的声音仿佛在他耳边循环响起：

　　"她不会也喜欢你吧？也喜欢你吧？喜欢你吧……"

　　秦思维往嘴里塞进一勺子沙拉，再喝了一口牛奶。

　　他现在真的开始怀疑，喻可欣是不是喜欢自己了。

Chapter 11

今天到底是见秦思维助理，还是见他的女朋友啊？

时间很快就到了周五。

喻可欣比平时早了一小时起床，坐在梳妆台前翻出昨晚在视频网站找到的"见家长妆"的化妆教程，跟着美妆博主的步骤，一步一步在脸上描摹。

倒不是真的就见家长，只是去别人家里做客，她想给人留下正面点儿的印象。而这个妆容显得人乖巧，又不会太隆重，很适合去有长辈在的场合。

为了表示去做客的礼仪，她还从家里的储藏室里翻出了她妈妈囤的一些滋补品。

下了楼，碰到喻妈妈也要出门，看到喻可欣手里拿着的东西，她停下来看了一眼女儿。

这一看，发现喻可欣穿上了上次她给买的碎花裙子。这条裙子当时买回来的时候，喻可欣就说她不穿，看上去温良谦恭，不是她的风格。就算现在她搭配最近小年轻们流行的玛丽珍鞋，也还是让她看上去更加淑女气质了。

喻妈妈好奇："宝贝，今天去哪里？"

喻可欣眼珠子一转，谎话信手拈来："就上班啊。"她举起手中的礼盒，"我们公司的人事经理很照顾我，最近她说睡眠不好，我就给她带点补品。"

喻妈妈话题跑偏："哦，你还没辞职啊？"

喻可欣翻了个白眼："您可真是亲妈，念我一点儿好行不行？我在公司表现可优秀了。"

"现在不都说年轻人工作很不稳定吗？"

"怎么会！妈，您别老是看谣言不看辟谣的消息。现在的新闻都得一波三折等好几波反转。"

"是吗？妈妈年纪大了，没你们年轻人懂。"喻妈妈又问，"你今天怎么愿意穿这条裙子了？"

"最近流行碎花裙，看别人这么搭配还挺好看的。"

这个回答没有问题。现在年轻人的喜好隔几天变一次，都是常有的事情。

喻妈妈这才打消疑虑，出门了。

临近下班，喻可欣在 QQ 上收到秦思维的消息。

Qin："我家今晚七点半开饭。下班时我们就先别急着走，等下班高峰期过去，再出发。"

喻可欣："好的。"

Qin："要是饿了的话，你去吧台那边拿点零食垫垫肚子。"

喻可欣："好，谢谢老板关心。"

秦思维看着最后的"谢谢老板关心"，皱眉思考起来。

这就算关心了？

他其实是不想太早到家，免得到时候罗女士太热情，拉着喻可欣说东说西，让她尴尬。所以才特地跟她说，稍微在公司多等一会儿，消耗一下时间，最好是回家就能上桌吃饭。虽然他家没有食不言的习惯，但吃饭了，罗女士总不能好意思去打扰她。

秦思维的这个想法很完美，但架不住中间出了一些小意外。

六点半，在QQ上通知喻可欣可以收拾收拾准备出发的秦思维，得到的回复是一个喻可欣打来的电话。

她拿着包去卫生间想趁出发之前补个妆，碰巧遇上了正在打扫卫生的倪阿姨。

想着要了解倪阿姨的事情，她一边补妆，一边跟倪阿姨搭话。不过，话题还没有展开，她就听到了倪阿姨的一声惨叫。

她回头一看，就见倪阿姨从隔间的台阶上摔了个趔趄，好在人没摔倒。

她连忙放下东西，上去扶倪阿姨。

"倪阿姨，摔到哪里了吗？"

倪阿姨脸色不是很好，可能是被这一跤给吓的。她本来想摆手说没什么，但等她借着喻可欣的搀扶站直时，右脚踝传来一阵疼痛。

"好像是扭到筋了。"她又尝试着在地上踩实，结果还是很痛。

喻可欣让她别勉强自己："正好你也收拾得差不多了，我找人来一起送你回去。"

所以，秦思维就收到了喻可欣让他送人回去的一通电话。

等秦思维出来的工夫，喻可欣也收拾好包，把倪阿姨的清洁工具放在杂物间，然后搀着她一步一步挪到电梯口。

看到秦思维，倪阿姨有些惊讶："小秦总。"

秦思维冷淡点头："倪阿姨。"他看了一眼倪阿姨的脚，"先送你去医院看一下吧，万一是崴了脚呢。"

"不用不用。"倪阿姨连忙拒绝，"我的脚踝可以转动，就是有些疼，只是轻微地扭到筋了，我回去贴几副膏药就好。"

她可不想去医院，不管大病小病，去了医院就得花钱。

秦思维看她这样抗拒，也不坚持，他想了想还是说："那等下送你回去，路上看看有没有药店，我给你买点冰敷贴和膏药。"

他把手上喻可欣在电话里让他帮忙带上的东西交给喻可欣，然后让她退到旁边，自己在倪阿姨面前半蹲下来："你趴我背上，我背着你。"

这个举动让倪阿姨非常不自在："不不不……不用，我怎么能让你背我。"

秦思维很自然，解释："扭伤了最好这只脚就不要用力了，要不然可能会更加严重。你就上来吧，到车上也就几分钟的事情。"

喻可欣也赶紧说："对啊，倪阿姨，你别不好意思，现在你的脚更重要。"

见两人都在劝说，倪阿姨再次用眼神无声地征求了喻可欣的意见。喻可欣冲她点头："倪阿姨，你该不会是怕我们秦总会摔到你吧。"

"怎么会。"她这才趴到秦思维的背上，"谢谢小秦总。"

"不客气。"

倪阿姨内心很不好意思，她以前回家跟丈夫说起这个小秦总，总说他是个败家子，不知道这家公司什么时候会被他弄倒闭。有几次手头没钱，又担心公司发不出工资，更在家骂他。像是把所有生活中的不痛快全都怪到秦思维身上，才让她能好受点儿。

在秦思维背上的倪阿姨狠狠唾骂了以前的自己，想着以后一定要多夸一下人帅心善的小秦总。

倪阿姨的家跟秦家在一个方向，但她住的小区是一个安置小区。

喻可欣在小区门口的药店帮她买了一些对症的药贴，就一路开到了倪阿姨住的房子楼下。

秦思维再次把她背上楼。

开门后，客厅里正坐着一对中年夫妻在看电视，听到开门声，双双回头看着门口。

喻可欣原本以为这对夫妻会是倪阿姨的孩子，正想跟他们沟通倪阿姨的伤情，到嘴边的话却因为他们的称呼而止住。

"倪阿姨，你回来啦。"中年妻子率先开口。

倪阿姨也带着笑："嗯。"

中年妻子问："这两位是你亲戚吗？"

倪阿姨："不是，是我公司同事。我今天脚伤了，他们就送我回家。"

"哦。那你赶紧去休息吧。"说完，她就继续跟丈夫一起看电视节目了。

喻可欣觉得很奇怪，倪阿姨这时候开口小声解释："他们是我的租客。我跟我丈夫住主卧。主卧带卫生间，平时我就跟他们共用一下厨房就好了。"

喻可欣不知道为什么，心里微微泛起酸涩："你跟你丈夫两个人生活？那你孩子呢？"

倪阿姨："我没有孩子。"

她掩饰住告诉别人生活背景的窘迫，指了一下主卧的位置，秦思维把人背过去。

喻可欣没有继续问她的丈夫现在在哪里，因为他们一进卧室，就看到卧室里有一个坐着轮椅的男人。他头歪斜着，双手蜷缩，整个人不自觉地一抽一抽颤抖着。

虽然不是很清楚，但喻可欣看着，好像是电视上中风患者的模样。

他口齿含混不清，但努力地发着声音："你……回来……了。"

秦思维把倪阿姨放在床上，倪阿姨对他道谢，就跟丈夫说："是，我回来了。这是送我回来的同事。"

"你……怎……么……了？"

"脚有点扭到了，不过没关系。"

"我看……看。"

倪阿姨露出微笑："还有客人在，晚点儿给你看。"

她转头对喻可欣和秦思维说："谢谢小秦总，谢谢小喻，你看我也不方便给你们倒茶。"

"不用客气的。我们差不多要走了。"喻可欣转向倪阿姨的丈夫，跟他打了个招呼，"叔叔，再见。"

"谢谢……你们。"

倪阿姨目送他们离开，一个劲儿跟丈夫说："还是好心人多。所以要多做好事，多积累福气。"

她平时想尽办法省钱，后来经常从公司里拿一些日用品回家。这样，她就不会有这一部分的开销，也能多省下一点钱。反正公司里每个人都从手指缝里节省那么一点点，就够她家两个人用的了。

不过，上一次，她在公司的吧台发现一部手机，心里有一瞬间想占为己有，拿去变卖。

那一刻，冲动大于理智，她放进了衣兜，把手机带回了家。

可后来，看见丈夫对她全然信任的目光，她逐渐冷静下来。

为了生活，她一点点把自己的底线往下移，但总得有什么东西需要坚持住。她想好好生活，带着她的丈夫一起，把未来日子里的每一天都过得舒心一些。

于是第二天，她又带着手机回去，找到了失主。

倪阿姨庆幸，她没有走出让自己后悔的那一步。

从倪阿姨家里出来，坐回到车里，秦思维没有忙着启动车子。他在手机上点了几下，坐在副驾的喻可欣无意间瞥见。

秦思维居然在点外卖。

她好奇地提问："你在点外卖？"

"嗯。看倪阿姨的样子，晚上应该不方便做饭。我给他们订个营养套餐。"

喻可欣："天哪，老板，你细心起来根本没有我什么事。"

这次喻可欣绝对发自肺腑。

"所以，我平时都是故意给你表现的机会，要不然我怕你根本没事情可做。"

秦思维手指翻飞，也不耽误他嘴上吹牛皮。

"倪阿姨……唉……每个人都有不为人知的故事。"喻可欣感慨，"刚刚差点心酸得我想要哭出来。"

"是挺不容易。"

但秦思维也不奇怪，要是容易的话，她就不会来做保洁了。

"不过好在，还有她丈夫。虽然他是倪阿姨的负担，但看起来，倪阿姨并没有这么觉得。"

喻可欣能脑补出一本书的爱情故事，她很愿意跟秦思维分享这个脑洞，但是意外注意到的时间让她突然提高声音："都七点一十五分了！秦总，从这里到你家，能在十五分钟内赶到吗？"

秦思维欣赏了一秒钟她的慌张，淡定回答："不能。"

"那我们不是迟到了？"喻可欣一副天塌下来的样子。她今天早起一小时，特地打扮一番，准备在人家家里表现得好一些，给人留下点儿好印象，可没想到会倒在不守时上面。

秦思维："我早就跟我妈说过了。你放心，他们会等我们的。"

他妈妈一早没见他回家，就发信息问他到底怎么回事，生怕他不愿意带人过来。

喻可欣："那也不好意思让他们等着。"

"没关系，饿了还能吃点水果，也饿不着的。"

他家里的家庭聚餐都是一家子到齐才开动，但偶尔有什么事情，人晚到了，其他人也会先垫一下肚子。

尽管是那么说的，秦思维还是提高了车速，七点四十多才到秦家。

秦家的小区是花园楼房式的别墅，门口有个小院子，种满了不知名的花草。车在院门外停下来，马上就能闻到一股醉人的花香。

罗邓丽在屋内听到响动，立刻迎出来，看到喻可欣，瞬间笑得合不拢嘴。

她一把拉住喻可欣的手："是可欣吧！我老早就听说小维有一个助理，长得漂亮，工作能力还特别强。一直想要见见你，感谢你平时对我们小维的照顾。"

"阿姨太客气了，我就是做了分内的事情而已。我们才是靠秦总照顾的人。"

"没有没有，我知道我们小维什么性格。跟他一起做事，肯定难为死了。"

"不是，能跟秦总一起工作，我们都很开心的。"

罗邓丽自动忽视了那个"们"字，越听越喜笑颜开，对喻可欣的好感一路飙升。

秦思维看得无语："妈，赶紧进去吧，这么晚了，该吃饭了。"

"对对对，看我，都忘记了。"罗邓丽赶紧领着人进去，"听说你们公司里的保洁阿姨扭着脚了，你们送她回去了？"

喻可欣回答得简单："嗯，小秦总还帮忙背着她，防止她的脚二次受伤。"

"我这个儿子，别看他看上去什么都不上心，其实他还是挺仔细的。"

喻可欣这时候深刻感谢以前陪妈妈看过的家庭剧，耳濡目染的她似乎有很多怎么取得长辈好感的小诀窍，第一条就是"夸她不如夸她的孩子"。

恰好，今天就有活生生的例子能让喻可欣全方位地吹捧秦思维。

"我刚才还说，秦总平时的样子就是为了给我们表现的机会，他一行动根本没我们什么事了。"

两人就这么一唱一和，气氛十分融洽地进入秦家。

今天郭月染也在，看到两人一见如故的场景，就知道罗阿姨的态度了。

要不是她心大，知道罗阿姨的为人，都要忍不住开始吃醋了。

罗邓丽根本不注意这些，在给喻可欣介绍完秦思维的爸爸和哥哥之后，她拉着郭月染："这是立海的女朋友，我们家准儿媳，月染。她性格好，平时的喜好也跟一般小姑娘一样，你以后有空也可以跟月染一起玩。"

喻可欣对于她出现在别人的家庭聚餐上总感觉有些怪怪的，但她努力忽视，并展现社交技能："月染姐，你好。"

"你好，可欣。"郭月染释放出善意，"我们快坐下吃饭吧。"

认了一圈人，总算开始吃饭。喻可欣微微地嘘了一口气。

要不是她确信罗阿姨对自己的热情，都要以为这是一场鸿门宴了。

罗邓丽把喻可欣安排坐在自己身边，喻可欣的另一边是秦思维。而对面是秦立海和郭月染，秦家的一家之主坐在主位。

罗邓丽一直拿公筷给喻可欣夹菜，中间还给郭月染添了很多次菜。

喻可欣看了一眼郭月染，又看了一眼自己的碗。

她的待遇是不是有点类似郭月染的待遇了？

还是，这就是罗阿姨热情的待客之道？

喻可欣偷偷瞄了右手边的秦思维，见他埋头吃自己的，就放弃了胡思乱想，专注吃饭。

罗邓丽忽然问："可欣，你是刚毕业的对吧？"

"对，我是应届生。"她咽下嘴里的东西，才回答，"过两天去学校拿了毕业证就正式毕业了。"

"那你今年是……二十二岁？"

"嗯，虚岁二十二。"

"还没毕业就开始工作，应该挺辛苦的吧？"

"辛苦倒不觉得。我比较喜欢不让自己闲下来。"

"那你是怎么到小维公司面试的？"秦立海插入一个问题。

"我是学商科的，最后一个学期本来就应该在外实习，但我爸妈不想让我太辛苦，就不让我工作。我自己待不住就在招聘网站上搜索信息，就看到四海的招聘广告了。"

"你家里……"罗邓丽没有问完，一旁的秦思维就像是被噎到一样，猛烈地咳嗽起来。

喻可欣赶紧递上纸巾，下意识地拍了拍他的背："你还好吧？"

秦思维忽略一家人发亮的眼神，适可而止："没事，就是被呛到了。"

他不这么咳嗽几声打断妈妈的问话节奏，喻可欣的户口本信息都要被套出来了。

好在后来罗邓丽也没有再问其他什么问题。

吃完饭，她将喻可欣带到客厅沙发上聊天，聊着聊着就拿出了她特地备着的老相册。

喻可欣看到相册并不感到奇怪，甚至脑子里还响着"来了来了，相册梗终于来了"的魔音。

这一幕似曾相识，不是小说里很多见家长情节里面的必备桥段吗！

这，拿出来给她看，是不是有点不合适？

喻可欣很想开口问一下，今天到底是见秦思维助理，还是见他的女朋友啊。

为什么她越来越心慌呢？

喻可欣内心惶恐，表面端着，但心里的某一个角落好像也隐隐透露出一点点的开心来。

她想看看秦思维的反应，但秦思维吃完饭好像上楼了。

罗邓丽已经翻开了相册，兴致勃勃地跟喻可欣说："这里面的照片，你一定要看看。我家小维小时候可可爱了。"

老板的童年照片，她真的有点期待。

喻可欣撇开其他不必要的情绪，打起精神来欣赏秦思维小时候的可爱模样。

谁能想到，看到照片的第一秒，她的笑容就僵住了。

狠还是亲妈狠。

第一张就是秦思维的童年裸照。一个无齿小朋友肌肤白皙，正坐在地板上啃玩具。

罗邓丽说："这张照片一直是我最柔软的回忆。要是我现在对小维有什么生气的地方，只要看到它，我的气就全消了。"

"这张童年照太可爱了。"

天真无邪，目光澄澈，看得喻可欣想捏捏他肥嘟嘟的小脸蛋。

"是啊，回想起来，这个时候的小维才最可爱。每天睁着大眼睛认人，动不动就会乐呵半天。"

罗邓丽翻页，又出现一张秦思维的黑历史照。

喻可欣眼神复杂地盯着这本相册，想看一下它的封面是不是写着"秦思维童年傻照集锦"。

照片上是三四岁大的小朋友穿着一条裙子，正提着裙摆，做出一个西式的屈膝礼动作。

喻可欣捂住嘴巴，难以置信地问："这也是我们小秦总？"

"对啊。"罗邓丽承认得很干脆。

"该不会像电视剧里说的那样，看小秦总长得漂亮，您又想要个女儿，所以才让他穿一次公主裙的？"

"哪会。"罗邓丽摆摆手，"虽然我也眼馋别人家的女儿，但也就是眼馋一下，我家小维也很可爱的。"

解释清楚，她才说："这是当时小维的小姨带着小维的表妹来家里做客住了几天。他表妹跟他是同龄的，当时他表妹天天穿裙子，小维就很好奇，问我他要是穿裙子是什么样子，所以我就给他试了一下。"

"这样子真好啊。阿姨，您好会教孩子，难怪小秦总现在也这么优秀。"

"小孩子就是好奇心强，不过也是认知世界的一个过程。我就让他把想尝试的都试一下，他才知道这个世界是什么样子的。"

"阿姨，您这是位好母亲。"

"哈哈哈，我也觉得我是好妈妈。"

秦思维下楼，正好听到两个人在拿着他以前的童年糗事寻开心。

他很不客气地翻了个白眼，从两人的身后伸出手，一把将相册夺走。

喻可欣噤声，腰背挺直，坐得板正，被老板发现她知道了老板的黑历史，以后老板会在工作中给她穿小鞋吗？

罗邓丽撇了撇嘴："小气的哟。反正我们都看完了。"

秦思维："您能不能别揭您儿子的老底？给我留点儿面子？"

"你没用的包袱怎么这么多！再说了，这些照片都很好看啊！"罗邓丽不服气，她是带着炫耀的心情展示出来的。

喻可欣赶紧居中调停："对啊，怎么是黑历史呢？这些照片都很好看。老板你盛世美颜，骨相极佳。是男的就是帅哥，要是性别为女那肯定是大美女。看完这些照片之后，我又发现了老板你不一样的美。"

"真的？"秦思维不相信。

喻可欣猛点头："千真万确！"

秦思维心里的褶皱在这一瞬间被抚平。

但他神色复杂地看向喻可欣。

是真的喜欢他吧？

要不然，怎么能闭眼吹成这样子呢！

Chapter 12

挽手说梦话，像昨天，你共我。

上次那一波签字笔的送礼，加上秦思维与各家公司老板的洽谈成果，让四海广告公司的业务开始有了明显的起色。最直接的表现就是，四海广告公司开始上上下下忙碌起来，特别是设计部，少见地开始加班。

不仅是大家的工作气氛异常火热，最近的天气也真正热了起来，喻可欣为了躲避下班时依旧炽热的烈日，选择在公司多待一点儿时间，等太阳没有那么晒了，正巧路上也没有那么堵再回家。

在公司多待的这段时间里，她经常在各个部门之间闲逛，跟留守公司的大家感情越来越熟悉，偶尔帮他们参考个版式，拿个东西，或者一起点餐订个外卖，相处得也挺开心。

这天，像往常那样，一到下班时间，大厅里就呼啦啦地空了一大半，留下来的是设计师们，以及其他部门的小猫三两只。

喻可欣关掉电脑，整理好台面上的东西，准备先去设计部那边凑个热闹。

她看见刘明站在那里，手上拿着下午刚送过来的样品，正在找负责这个项目的美术设计一起讨论广告的实际印刷效果。

她慢慢靠过去，听到刘明与设计师的讨论中专业术语一套一套的。

仔细观察，把衬衫袖子随便卷上去，单手搭在电脑屏幕上，盯着页面跟设计师据理力争的刘明，还是平淡无奇的一个人，认真工作的 buff 并没有给他增添什么别样的光彩。

但喻可欣悄默默地移动眼珠，望向林美芽。林美芽就差没把眼睛挂在刘明身上了。

这可能就是喜欢一个人之后的滤镜吧。

刘明与设计师的争论很快就结束了，两人都完成了今日的工作份额，准备下班。

林美芽拦住正要离开的刘明，如同公司同事突发奇想希望知道一个八卦那样子，她脸上充斥着调侃的笑容："刘经理，上周末你去跟花花姐介绍的那个女生相亲了吧？怎么样，有戏吗？"

她右手握着耳机，仔细看的话，她的指甲因为用力紧握而泛起青色。

可刘明沉浸在自己的幸福中，没有发觉林美芽的异样。

他耳根子微微发红，面色含羞，眼神晶亮，但还是点头："我们双方都感觉还不错，已经在微信上约第二次见面了。"

林美芽的笑容在片刻间隐去，她无措地眨了好几下眼睛，将眸中的情绪隐藏好，下一秒又恢复正常："那恭喜啊。看来我们公司马上又可以成功脱单一个人了。可喜可贺，为你开心。"

"哈哈哈，八字都还没有一撇呢。"刘明摸摸后脑勺，"不过，难得碰到一个对眼的人，我会努力的。"

"嗯！加油，你也老大不小了。"

林美芽已经克制不住她的表情，只能麻木地说出一些面上可以过得去的话。

好在，刘明并没有深入谈话的意思，他兴冲冲地带着对未来的美好遐思走了。

喻可欣站在大厅的中间，隔着一段距离看着林美芽呆坐在位置上——眼睛眨了几次，泪水就突兀地掉下来，因顾及周围还没走的同事们，哭得没有声响，但脸因为要憋住抽噎而涨红起来。

喻可欣认为，这个时候，唯一知道内情的她应该过去帮帮林美芽。

于是，她走到林美芽身边，牵住对方的手："我找你有点事情，你跟我来一下。"

林美芽错愕地抬头看她。

喻可欣不等林美芽说什么话："走走走，急事呢。"

她不容拒绝地拖起林美芽，将其带离座位。林美芽只能低着头，任由头发散落挡住别人的视线。

她瓮声瓮气："你要去哪里？"

"我又不会拐卖你。就在公司里。"

她带林美芽来的地方，就是在秦思维隔壁的会议室。

秦思维的办公室就是在大厅边缘，再过去有一间会议室。平时也用不着几次，在中午的时候多半会变成员工临时午休的地方。

喻可欣关上门，对林美芽说："这里离大厅比较远，你在这里哭大家都不会知道，你放开哭，哭得痛快点，看你压抑着，就替你难受。"她还不忘贴心地说，"要不要我替你拿一包纸巾过来？"

林美芽有些好气，又有些好笑，她眼睛红红的："你这样子还让我怎么哭得出来？"

"那不然呢？你需要听众吗？"

林美芽沉默了几秒，似乎在考虑这个建议，但她选择撑住自己的骄傲："不用，我就是想到了一点伤心事，不好意思当着大家的面哭而已。"

喻可欣定定地看着林美芽。

她面上把自己保护得像个铜墙铁壁，眼睛里却露出软弱。

心里再三对自己说，你这不是在多管闲事之后，喻可欣才拆穿她的假面："上次团建回来的巴士上，我看到你偷偷给刘经理盖毯子，你喜欢他吧？"

林美芽咬着嘴唇，良久，才低低地应了一声，眼泪犹如决堤般淌下。

喻可欣陪林美芽一起坐着，给她一段发泄情绪的时间。

好久之后，林美芽呜咽的哭声慢慢停止。她缓了缓情绪，才问喻可欣："你有喜欢的人吗？"

这话的效果，不啻《西游记》里的"我叫你行者孙，你答应吗"的效果。

喻可欣立刻警觉，但脑海中第一时间仍旧浮现出一个人影。

她摇头："没……"

可话音没落地，她对上林美芽哭红的眼睛，又改了口："只是有好感，也不算是喜欢吧。"

她怕自己一说没有，林美芽好不容易想谈心的勇气就这么给带过去了。

林美芽很懂地拍拍喻可欣的肩膀："单身久了之后，就习惯单身了。然后也不确定是不是喜欢，或者更想知道对方是不是也喜欢自己。这个过程中，就会不断自我怀疑，并慢慢开始希望对方可以给出一些讯号。"

喻可欣带着她的这番话，仔细对比以前自己的做法，很有同感地点头。

　　得到认可，林美芽慢慢也有了谈兴。

　　"你知道我身上最多的是什么吗？也许是过多的矜持跟想法了。"她双手紧紧地交叉握住，"可我就是这样的性格。我可以是一个主动的人，但我需要获得足够的安全感，才能愿意去主动。我喜欢刘明，但我不会表现得很明显。我需要确认他是不是也对我有好感，我如果主动告白是不是可以一举成功？我没有这样的自信，所以我只能默默地喜欢。我怕失败，更怕失败之后的尴尬。说白了，还是因为更喜欢自己吧。"

　　"那为什么会喜欢他呢？"

　　"不知道啊。很神奇吧。"林美芽笑了，"我也觉得很莫名其妙，就突然有一天我发现看他顺眼了。然后又是某一天，我觉得我完蛋了，我居然觉得他变帅了。"

　　回想起喜欢上刘明的那个瞬间，林美芽依旧是开心的。

　　林美芽笑容明艳地迎着喻可欣不解的视线："我可是一个设计师啊，我的美术视觉是我的立命之本。但是，我因为他，连这个都颠覆了，只能说……"

　　她上扬的嘴角忽然扯平，然后慢慢下弯。

　　整个人刹那间沉寂下来。

　　"爱情啊……"

　　尾音好似一声重重的叹息。

喻可欣不知道该说什么，她轻轻地抱住林美芽，想给林美芽一点点加油打气。

许久，她问："那你想怎么办呢？"

林美芽吸了吸鼻子，克制住再次汹涌的眼泪："人家都看对眼了，我还能怎么办？换个人喜欢呗，这世界上的男人又不只有刘明。"

"对，刘明只是人生过客，肯定有人在前面等着你。"

明明知道割舍掉一份感情很不容易，但喻可欣仍旧陪着她说着这些以后会实现的话。

林美芽擦掉泪："毕竟我更爱我自己，为了他难过几天就够了。以后，有了心上人的他不值得我再浪费感情了。"她松开这个拥抱，真心感谢喻可欣，"谢谢你，愿意听我说这些话。"

"这有什么？我们能相互共情，就应该相互安慰的。"

一墙之隔的秦思维，出于非自愿的情况，听完了两个女生谈心的全过程。

他自我唾弃，像是个听墙角的猥琐男。

但没办法，会议室对其他地方来说可能是隔音的，但跟他的办公室只有一墙之隔，里面的谈话很容易就能被他听见。

他下午处理完手上积压的事情，累得肩膀酸痛。为了犒劳这几天认真工作的自己，他决定先睡个觉。谁知道，累得太狠，这一觉睡得也很沉，梦里听到有女生哭泣的声音，他这才一个激灵被吓醒。

醒来，外面的天已经黑了。

秦思维醒醒神，准备回家，就发现隔壁是两个女生在走心地聊天。

这个氛围很不适合被打扰。

会议室的动静他能一清二楚，自然，他这边有个什么声音，会议室那边也会听见。

所以，秦思维不着急了，他坐下来安静地等待这场谈话的结束，顺便也阴错阳差地更了解了女生们的想法。

等隔壁的对话结束，听到脚步声逐渐远去，秦思维又特地过了一会儿，才开门走出去。

喻可欣看到总经理办公室里走出一个人，吓得眼睛圆睁，仿佛是只圆眼青蛙似的。她惊慌地扭头看向设计部，又迅速收回目光，问秦思维："老板，这么晚了你怎么还没走？"

秦思维假装什么都不知道："我下午睡了一觉，没想到醒来就是这个点儿了。"

喻可欣放心了。

秦思维引导话题："你呢，怎么还不走？"

"正准备走呢。"

"吃晚饭了吗？"他摸了摸有些饿意的胃。

"还没有。"

"我现在回家也是过了饭点儿。走，我请你吃饭。"他找了一个听起来很合理的理由，"感谢你给我带的那些早餐。"

喻可欣没有多做考虑，就答应了。

开车到市区的一条很热闹的商业街附近，喻可欣说时间有点儿晚了，吃点清淡的。于是达成一致的两人，随便找了一家看上去人挺多的粤菜餐厅。

这家店气氛布置得很暧昧，灯光昏黄，音乐轻柔缠绵，着急饱腹的两人甚至都无暇顾及邻桌都坐着一对对情侣。

过了一会儿，店内的音乐从通俗歌曲变成了萨克斯，喻可欣跟秦思维吐槽："怎么现在茶餐厅都搞得像是西餐厅一样？"

对单身狗很不友好。

"生活不易，多多体谅。"秦思维自然而然地接话。

"不过这首歌挺好听的，虽然不知道是什么歌。"喻可欣向四处张望，"他们的萨克斯手还在下面巡场，这家店挺注重跟顾客互动啊。"

喻可欣这句话像是块磁铁，冥冥中牵引着萨克斯手的到来，和他一起来的还有店里的其他服务员。

接下来，秦思维跟喻可欣呆愣着看店员们欢呼一声"恭喜"，然后站在稍微距离他们远一些的位置，象征性地抛出手中的彩花，有一些店员手里还自带鼓掌器用来炒热气氛。

分工明确,搭配默契。

店里的激光灯虽迟但到地投射到他们这一桌。

喻可欣朝秦思维投去一个询问的眼神,该不会是他准备的什么惊喜吧?

可事实并不是这样,秦思维摊手,表示自己也毫不知情。

这时候,店长见店里所有的目光都投注到这桌时,才拿出话筒,说:"首先,让我们一起恭喜这一桌的顾客们,成为我们'521活动'的幸运顾客!"

负责带领所有人一起 high 的店员们率先鼓掌,慢慢地,掌声越来越响,是周围顾客的自发举动。

喻可欣抓住老板话里的重点,凑近问秦思维:"今天5月21号?"

所以,今天店内的装饰布置,都有了理由。

"应该是吧。"上班族只记星期,不记日期,他也不是很清楚。

"可,一般不是'520'搞活动的吗?"

秦思维非常明白商家的这个套路,科普说:"开店的人恨不得一年365天都是节日。"

说几句话的工夫,店长又带着异常激动亢奋的心情宣布:"为了给这桌顾客的'521'添砖加瓦,今晚他们在我们店的消费都能免单!"

喻可欣挺开心，刚想跟秦思维说今天我们太幸运了，就听见店长扔出重磅炸弹："不仅如此，我们店还赠送两位五星级酒店的情侣套房一晚。希望两位能够开心度过今天的时光，往后郎才女貌，长长久久。"

餐厅内瞬间被热烈的哄闹与掌声淹没，而这一对中奖的人，脸上却满是尴尬与不知所措。

喻可欣脸上的笑容凝固住，呆愣着指望秦思维能有什么办法解脱尴尬，但秦思维无暇顾及她的感受。

一旁负责拿花的店员将手里的一捧玫瑰花束塞到秦思维手中，还特别自来熟地拍了一下他的后背："哥们儿，别慌，稳住！"

他倒不是慌，明明是尴。

店长很会掐时机，带头喊口号："表白！表白！表白！表白！"

总之不管以前表没表过白，在今天这个充满爱的日子里，情侣之间可以再次表白一下的啊，多说几次我爱你又不会亏钱。

殊不知拿着花的秦思维骑虎难下，在这种大家都很热心的情况下，他也不好意思说他们不是情侣，来破坏这个气氛。

但是，顺势而为，跟喻可欣表白吗？

秦思维直勾勾地盯着对面，喻可欣目光闪动，脸上满是羞赧和窘迫。

时机还没有到呢。

他将花递给喻可欣，用眼神鼓励她接过去。

喻可欣此时就像卡顿的画面，手臂一卡一卡地伸过来，停顿几秒，才拿过花束。

秦思维拿着店长递过来的话筒，说："很开心能这么幸运被选中，也谢谢大家的鼓劲儿。那我就唱一首歌吧，正好是在一家粤式餐厅。"

场内观众们很容易满足，立刻同意，瞬间又是一阵欢呼。

在大家如此热情的簇拥下，秦思维清唱了一首粤语情歌。

愿你此刻可会知，是我衷心地说声。

喜欢你，那双眼动人，笑声更迷人。

愿再可，轻抚你，那可爱面容。

挽手说梦话，像昨天，你共我。

灯光下，秦思维笑容清浅，声音温醇，唱得柔情又深邃。

喻可欣只觉自己已经深陷喜欢秦思维的泥沼里，无法自拔。

是的，从会议室里，第一时间想起秦思维的时候，她就不得不承认，自己是喜欢秦思维的。

但就像林美芽说的那样，她需要再得到一些讯息，多一点点勇气。

从店里出来后，他们之间的气氛尴尬又暧昧，一切都需要小心翼翼，连两个人之间都要保持在一个不近不远的距离。

　　秦思维试图打破这种让人手脚都不知道该放哪里的生疏，开玩笑说："走吧，得早点送你这个有门禁的人回家。"

　　刚才跟餐厅店长婉拒那个情侣套房的理由说的就是，对不起，我的女朋友有家长设置的门禁，我今晚要是不送她回去，以后别想晚上带她出来了。

　　店长虽觉可惜，但也点头，决定再抽一次幸运顾客，引发店里的又一波热潮。

　　喻可欣拿着花，哼着小调打开家门，被在牌桌上大杀四方的喻妈妈撞个正着。

　　"哎，闺女，你手里的这捧玫瑰是怎么回事？"她跟其他富婆阿姨停止手上的动作，齐齐地望向喻可欣，"你有情况啊！"

　　充满求知欲的打探让喻可欣不由得往后退了一步，依旧单身狗的她没有情况。她权衡再三，认为没有可能在一分钟内解释清楚晚上遇到的这个乌龙事件，所以她选择用另一个能简单将大家关心的焦点从自己身上转移出去的方法。简称"祸水东引"。

　　"怎么会，我是地地道道的单身贵族。"她捧着花走向喻妈妈，"这花呀，是我爸叫我帮忙买的，给你的惊喜。"

　　"哎哟哟，老夫老妻了，你们家老喻还会搞这一套啊。"

　　富婆阿姨B："不得了不得了，我要嫉妒你了。"

富婆阿姨 C："啧啧啧，你晚上情场赌场都得意。回去我也要跟我老公说一说，让他向你们家老喻多多学习。"

喻妈妈笑得眼睛都快眯成一条缝了，她故意把花抱在怀里："我也没想到老喻都一把年纪了，还能知道给我惊喜。年轻的时候，他追我都没给我送过花呢！"

一时之间，话题又被带回到二三十年前，富婆团们纷纷沉入对往昔岁月的追忆中，连喻可欣什么时候上楼了都不知道。

回到房间里躺着的喻可欣，安心地闭着眼睛，回忆起晚餐时候的场景。

但她安心得太早了。

楼下的"珠光宝气富婆局"回忆完过去之后，又把话题绕回到喻可欣身上。

富婆阿姨 A 问喻妈妈："你们家欣欣还没有男朋友啊？"

"是啊。她说单身挺好。"

"那可不行。"富婆阿姨 B 说，"现在的孩子单着单着就习惯了，以后都不愿意找对象了。"

富婆阿姨 A 接话："是啊。你放心，以后我要是有合适的男孩子，肯定先给你们家欣欣说。"

富婆阿姨 C："对。肥水不流外人田，我们认识的还都是知根知底的人。"

喻妈妈当然很乐意，当场就表示，以后喻可欣的终身大事就拜托大家了。

另一边，秦思维洗漱完，躺在自己床上。

他下意识地划开手机播放器的歌单，点开晚上唱的那首歌。

大学时，不知道是谁开的头儿，跟人告白很流行跑到女生楼下去弹吉他唱歌，周围人跟着一起起哄。有时候可能终成眷属，有时候可能就是兜头一盆冷水的命。

那时候秦思维深深地嫌弃这样的做法，想着以后表白他会找个无人打扰的环境，把所有隐秘又喷薄的情绪完完整整说给那人听。

但今天晚上，他从被赶鸭子上架，到后来唱得真心。

其实如果唱情歌的对象是喻可欣的话，这个画面应该不会很傻吧。

Chapter 13

一直等着小喻上班的人只有小秦总吧!

"喻可欣,就是一个尿包。"

第二天,没吃早餐饿着肚子坐在办公室椅子上一脸阴沉的秦思维如是想着。

而这句话的原因是,喻可欣今天没有来上班。

秦思维抽出一张纸巾,把它撕成一小绺一小绺,再把每一绺纸巾揉搓成一个小团子。他最后将小团子放在桌面上,用手指将纸团一个一个弹出去。

他一边弹,一边说:"胆小鬼、尿包、逃兵……"

昨天还好好的,今天就选择装死不来上班。她的反应弧也太长了吧!

不来上班也不提前说一声,他今天特地又早起来赴早餐之约,结果换来一场空欢喜。

想想还是不开心,他立刻发消息给卢思花。

"喻可欣今天旷工了！！！她为什么不来？大家都等着她上班！！！"

卢思花收到这则信息，轻轻拍了一下脑袋，怎么就忘记这回事了。不过，哪里是大家读等着小喻上班。看这个感叹号，一直等着小喻上班的人只有小秦总吧。

她赶紧回复信息："小喻早上跟我说过，她感冒发烧，在家休息。我忘记跟你说了。"

嗯？发烧了？

那可以理解一下她没有来上班。

但下一刻，秦思维又开始挑刺。到底谁是喻可欣的领导，为什么请假的事情不来直接跟他说！

秦思维想想就生气，从桌上拿起车钥匙，就往公司外走。

也不知道喻可欣有没有人照顾。

被秦思维念叨一个早上的喻可欣喷嚏打个不停，她尽量保持轻柔地用纸巾擦拭掉鼻涕，但鼻子还是有被摩擦的疼痛感。

她太难了，谁能在近似夏天的天气里感冒！

今天一觉醒来，就感觉整个人非常累。她顺从身体的意志，给花花姐发了一条请假的信息，就迷迷糊糊又睡过去了。再一次睁开眼，是被肚子疼醒的，这时候家里也没人了。

她捂着发晕的脑袋坐起来，往后一看，果不其然，床单上有血迹。

发烧感冒加痛经，她今天就是个弱鸡。

熟练地用外卖软件请跑腿小哥帮忙买了退热贴跟止痛药，她贴着退热贴吃了止痛药又换上安心裤就躺在床上不想动了。

睡得迷迷糊糊时，听到手机铃声响了又灭，灭了又响，似乎另一头的人不等到她接电话，就能打到地老天荒。

她忍无可忍，接起来："哪位？"

她的语气很冲，但从虚弱程度来看，这句话的气愤程度大打折扣。

"你来帮我开下门，我在你家门口，给你买了一些感冒药跟吃的过来。"

"哦。这就来。"虽然她肚子疼、头疼、鼻塞，但食欲丝毫没影响。

喻可欣胡乱地理了一下头发，就下楼去给秦思维开门。

"谢谢你，老板。"喻可欣说话蔫蔫的，尾调上扬，又好像是在撒娇。

秦思维拎着东西走进去，登堂入室，没有半点尴尬。

他来到客厅，把东西放在茶几上："给你买了两份粥。一份黑米粥，一份青菜瘦肉粥，看你喝哪一个。还有一份蒸饺一份灌汤包，也不知道油腻一点的东西你想不想吃。"

喻可欣听他刚才报的菜名就已经饥肠辘辘，她现在只想赶紧能吃上东西。

"不影响。我的食欲还是很正常的。"

秦思维帮她弄好包装袋，让她坐下来好好吃饭。

"你现在感觉怎么样？"

喻可欣往嘴里塞了一个灌汤包，汤汁温热，正好入口。她的腮帮子一鼓一鼓如同一只人形仓鼠，一边嚼一边囫囵回答："哪儿哪儿都疼，只想躺着。"

察觉到她脑袋上的退热贴，秦思维接着询问："你热度下来了吗？"

"应该吧。"喻可欣也不清楚，烧着烧着她都习惯了。

见她这么含糊其辞，秦思维一把将退热贴撕掉，一只手放在自己的额头上，一只手搭在她的脑门上，希望从掌心中对比出喻可欣的体温是否正常。

喻可欣仿佛被施了咒，定在原位，只有嘴巴还在咀嚼东西。

她斜眼观察关心自己身体的秦思维，就觉得体内温度又升高了一点点。她想出声让他不要费力再测温度了，她的温度根本不能量准。

"好像温度是差挺多。"

喻可欣一下子挣脱掉秦思维的手，用吃东西来掩饰不自在："什么呀，你是人体测温计吗？我等下再贴个退热贴就好了。"

见她食欲还不错，秦思维也把其他事情暂时放在一边。他问："你父母呢？”

"上班去了。"

"家里没人照顾你吗？"

"都是小病，我躺一躺就没事了。"喻可欣很清楚自己的身体状况，她的姨妈期在以前也撞过好几次感冒发烧，这样的情况常有。

忽然，喻可欣想起来："哦，我还没有给你倒水。"

她站起身，就要去厨房给秦思维拿些喝的。

"不用，我不喝水。"秦思维刚说话，就察觉到喻可欣衣服上的血迹，他的视线落在那处已经变深的红色上。

他很快意识到这点颜色是什么东西。

这时候，喻可欣回头："那你要喝什么？"

秦思维像个做了坏事被抓现行的人，眼神游移，耳垂通红，就是不敢直视喻可欣的眼睛。

喻可欣："你怎么了？一下子就奇奇怪怪的？"

"那个……"秦思维支支吾吾，不知道要怎么说比较好。

"什么？"

"你的睡衣脏了。"

喻可欣低头查看胸前的位置，她以为是刚才吃饭的时候，不小心粘上了些东西，不过仔仔细细看了一圈，没有什么异常："没有啊，哪儿呢？"

"背后，衣服下摆，深红色的。"

喻可欣动作僵住。

她因为身体太不舒服了，连衣柜都懒得翻找，方才换完安心裤就没想到要把身上的睡衣也换一套。没想到，百密一疏，在秦思维面前丢了糗。

她面色通红，不知道是原本的发烧效果，还是现在气急败坏的样子，她深呼吸平复尴尬。

"小秦总。"

秦思维答应得很犹豫："嗯？"

"我觉得我现在需要一个人静一静，你是不是该回去上班了？"

秦思维："……"

他没有半点被赶出门的不开心，反而松了口气："好，我回公司了。你好好照顾自己。"

他起身，往门口走去。

喻可欣跟着在原地转动位置，保持不让他看到她背后衣服的姿势。

"那你好好休息。"

然而，秦思维一脚踏出门口，刚祝福完，就被喻可欣丢出一句"谢谢"，就关上了门。

他无奈地笑了一下，不过，这一趟知道她状态还好，也就放心了。

年轻人的身体很扛造。

休息了一天，喻可欣就负面状态全消，又是一个活力满满的人了。

隔了一天没来公司，坐在位置上的她有种恍如隔世的感觉。

喻可欣将带过来的早餐袋子放到总经理办公室的桌上，出来时就发现办公室有一些小骚乱。

大厅中间，扎堆地出现"好可爱""想撸到它头秃"的迷幻发言。

喻可欣的好奇心被吊得老高，她走过去凑热闹，就看到大家蹲在地上正逗弄一只毛色是蓝白相间的布偶猫。猫表现得很亲人，趴在地上一动也不动，放任大家对它上下其手，甚至还翻了个面，四脚朝天把肚皮留出来给别人撸。

喻可欣不是爱猫一族的人，比起猫，她更喜欢狗。

不过颜值很高性情温顺不挠人的猫，她也是喜欢的。

她挤进去，跟着别人一起伸出手，瓜分了这只猫的肚皮。很难想象撸猫会是这样的舒服，手感绵密顺滑，毛茸茸的，摸上去特别解压。

"这只猫叫什么？"她专注撸猫，抽空问旁边的同事，"怎么带来公司啦？"

"叫烧饼，是我朋友的，让我帮忙照看一天，我就带来公司了。"

"烧饼？"喻可欣手上动作一顿，"你朋友把猫名取得真叫一个另辟蹊径。这名字虽然不符合它的气质，但特别如雷贯耳。"

九点一到，大家都回到位置上，专注手上的工作。因为上司没来而暂时没有领到任务的喻可欣一人独占烧饼，美其名曰帮忙照看。

为了不影响别人认真工作，她跟同事说了一声，就将猫抱起来，准备先偷渡到自己座位上，好好地撸猫。

秦思维进来，看到的就是这样一个偷猫的犯罪现场。

他双手插兜，也不着急去办公室，看喻可欣轻柔地把小猫抱起来，摸摸它粉粉的小肉垫，又摸着它的头，然后像是给它做全身马杀鸡，从头到尾一站式撸猫大法。

"舒服吗，饼饼？"

不是秦思维眼花，他绝对在喻可欣的脸上看到了"慈祥和蔼"四个字。

"饼饼，喜欢姐姐这么摸你吗？"喻可欣专注地做个临时猫奴，"烧饼这么可爱，还很乖，都能做一只网红猫。我们烧饼不要长残，要一直这么可爱啊。"

她低头，抱着猫一边走，一边轻声念叨："长残了我就不……"面前有一个人挡住路了，她抬起头，但嘴里的话还连贯着说出来，"喜欢你了。"

跟小动物说话，她的声音刻意放柔，语气软软糯糯，撩拨着秦思维的心。

秦思维摸了摸发热的耳朵，明知道这句话不是对他说的，可他就是控制不住地自作多情。

　　喻可欣早就把昨天的别扭忘得一干二净，看到秦思维还有点开心。她举起烧饼的前爪："老板，早啊。"

　　"哪儿来的？"

　　"哦，别人带过来的，今天在我们公司待一天。"喻可欣可太喜欢这只任人揉搓的猫了，腻在她怀里一动也不动，好像全身心都在信任她。她问秦思维，"你要不要摸一摸它？烧饼摸起来特别舒服。"说完，她抱住烧饼的两只前爪，往秦思维的方向送了送。

　　秦思维对小动物一向敬而远之，他连自己都不爱，更不会关心猫猫狗狗，彼此不伤害就好了。

　　面对喻可欣的邀请，他给面子地用食指轻轻戳中布偶猫的前肢。入手的柔软触感还不赖，他改用手掌抚摸烧饼的肚子，慢慢上移去挠它的下巴。

　　沦陷的速度肉眼可见。

　　烧饼眯着眼睛，把爪子搭在他的手腕上轻轻放着。

　　这样子的互动画面非常治愈，喻可欣想要从秦思维这里得到认同："怎么样，摸起来是不是很解压？"

　　"嗯。"

　　"怪不得大家都这么喜欢吸猫，果然还是有道理的。"

　　听她这么说，秦思维心神一动，试探地问："你也想要养猫吗？"

他等着喻可欣的答案，如果她说想养的话，他分分钟给安排上。理由都找好了，上次翻员工简历，浏览到喻可欣的生日。虽然还有一两个月的时间，但没关系，架不住他喜欢提前送人生日礼物。

喻可欣不需要考虑，脱口而出："不想。"

"为什么？"

"猫活得太精致了。要早睡早起陪它玩，还得每天把房子的里里外外打扫干净，要是猫咪生病了还得送它看医生……想想都觉得很累。"

秦思维不懂了："你不养猫，怎么知道得这么清楚？"

"云养猫啊。"喻可欣解释，"我在网上关注了一些养猫博主的动态，经常去看他们发的日常。他们是累并快乐着，而我只有快乐。我跟你说，别人家的猫才是最可爱的。"

这个思路，非常清奇。

秦思维"瑞思拜"。

"哟，这猫咪长得真可爱。"卢思花风风火火地路过，看到小猫，脚步不由自主地停下来。

她从喻可欣手里接过，熟练地逗弄这只布偶猫："小黄昨天问我能不能带到公司里来待一天，我说我考虑一下，问问小秦总。然后她给我发了一张照片。我一看，这猫长得真好，想想公司也没规定不让带猫，秦总这么善良大方，肯定不计较公司多了一只猫。所以，我就让她带过来了。"

秦思维无力地白了卢思花一眼。要不是他不在意这些小细节,早就给卢思花穿小鞋了。

往身上加了一个"心大"标签,秦思维无心再待在卢思花身边听她絮叨。

见秦思维要离开,卢思花赶紧叫住他:"哎,秦总,我找你还有事。"

"什么事?"

秦思维很想说,有事你都直接处理了吧,不说我是你心中善良大方的老板,我也真的想要多摸会儿鱼。

"就是上次你不是让我打听保洁倪阿姨的事情吗?"

"哦,那跟我来。"

卢思花抱着猫抬脚就走,喻可欣跟在卢思花身边亦步亦趋,她也想跟着去听一下倪阿姨的情况。

关上门,大家都找好自己的位置落座。卢思花才转述倪阿姨的故事。

"我认识的人的亲戚的表姐,住在倪阿姨家的那个小区,跟她还是一个单元楼的。"

喻可欣掰着手指理顺这个七晕八绕的关系,由衷地赞美她:"这个关系都能被你找到,花花姐你也很绝。"

"这不巧了嘛。"卢思花掐住重点，"这个我们以后再说。先说倪阿姨。"

说到正题，她的语气都带着一股同情心："倪阿姨离过婚，跟现在的老公老李是二婚。倪阿姨第一次的婚姻是因为她迟迟没有孩子，去医院检查说倪阿姨不能生，于是就离婚了。后来经人介绍跟老李认识，当时老李的妻子已经车祸去世三年了，前妻给他留下一个儿子一个女儿。他自己想找个伴，又为了那双儿女不想再有其他孩子，所以倪阿姨正合适，两人就这么结婚了。"

这段过程听得喻可欣一阵唏嘘，她忽然想到上周见到的情形，问："那倪阿姨的老公什么时候中风的？"

听说上周他们送倪阿姨回去，卢思花对喻可欣知道老李中风的事情也不奇怪。

"老李原本是个生意人，不说多么家财万贯，但起码也让倪阿姨过得比较奢侈。不过几年前经济形势不好，老李投资失败就破产了。估计他受到的刺激比较大，那时候就中风了。老李和前妻的孩子都在国外不回来。倪阿姨卖掉了以前的所有东西，买了安置小区的一套房子，其他的钱都给老李治病了。"

卢思花哀叹一声："现在听说她家就靠倪阿姨出来做点活，还有出租次卧的租金来维持日常。哎，享了十几二十年的福，老来却为生活奔波，听上去也不落忍。"

喻可欣不知道心里五味杂陈的话应该怎么说，最后只说："倪阿姨很伟大。"

"不过，听说，老李跟她感情很好。现在他的病情也控制住了。"

"那就好。"

秦思维一言不发，原本对倪阿姨不理解的点都有了答案。

他长呼口气："上次说给倪阿姨拾金不昧的奖励，就给她涨两百的工资吧。另外这个月的奖金加一千块。"

听起来没有多少，但看上去不会很突然。

"好，我去通知财务那边。"卢思花替倪阿姨开心，连忙站起身，准备去落实。

喻可欣跟着站起来："我也去做事了。"

至此，沉闷压抑的气氛，随着三人的分开，总算消散了。

Chapter 14

别人七步成诗，秦思维用七步想明白了一件人生大事。

周末，天气晴好，三十多摄氏度的高温让天上堆着的云层看着都像是被烤化掉的棉花糖。普照在炽烈阳光之下的行人步履匆匆，躲避着暴晒。

秦思维躲在恒温的房间里，空调口吹出的冷气对着他呼呼地吹，他百忙之中腾出手喝了一口冰可乐，再次开始下一局对战。

房间门象征性地被敲响，不用他回应，罗邓丽女士就已经端着果盘进来了。

她把水果放在他的左手边位置，站在他身边，顺道研究了一会儿让她儿子孜孜不倦的游戏，几秒钟后再次表示不理解："就这样打打杀杀，好玩吗？"

秦思维："挺好玩的。"

罗邓丽一脸"孩子无药可救"的无奈，引导着问："你就没有想要约会的对象？"

"天气这么热，谁愿意出门？"

"那就是有喽？"

秦思维警惕地斜眼打量表情逐渐开朗的罗女士，决定沉迷游戏，不给她探讨自己内心的机会。

但知子莫若母，只要秦思维露出一点点口风，罗女士就能明白他的感情状态。她抓大放小，决定不问其他，马上给小儿子一对一展开一节情感公开课。

"你啊，不仅要学会主动，还要懂得变通，知道不。天气热怎么了？又不是让你在太阳底下约会，出门就开车，你能晒到什么？你不约别人，还指望别人来约你吗……"

尽管秦思维面上对罗女士的话充耳不闻，但当她刚离开，关上房间门时，秦思维就退出游戏，给喻可欣发了微信。

他很好奇，喻可欣今天在做什么。

Qin："喻可欣，你在做什么？"

喻可欣："准备出门，等下有点事情要忙。"

Qin："哦，我随便问问，今天太热了都不知道要做什么……很无聊。那你忙吧。"

秦思维被罗邓丽两三句话鼓动起来的小情绪瞬间烟消云散，他准备重新打开游戏界面，在峡谷里了结过多的爱恨情仇。

还没来得及进入游戏，手机页面就切换出来电显示，是秦思维的朋友，钟南泽。

秦思维想都没想就按下接听键，很想听一下对方这次要跟他吐槽什么。

前天晚上，钟南泽很抓狂地跟秦思维说，他妈给他安排了一次相亲。对方父母是一个生意圈子里的人，跟他门当户对。他妈妈很满意，让他要认真对待，还把人家女孩子的微信推送给他。

他一看人家微信名片，微信名是一个"馨"字。

他细品了一下这个字，是他妈那一辈的名字里出现的高频字眼。

他"啧"了一声，顺手点开对方的头像，一朵荷花上面四个宋体白底大字"幸福人生"。

他以为，他妈妈是把人家家长的微信号推送过来了。

当时秦思维毫不客气地笑了好几分钟，缓过气来才说："对方是不是故意的？她也消极对抗相亲？"

"这哪是消极！这位幸福人生妹子明明抵制得很积极。"钟南泽判断，"要么是用这种方式劝退相亲对象，要么是她的品位出人意料。不过我坚信是第一种。"

秦思维泼冷水："也难保是第三种，人家走在流行第一线。像前阵子流行用'朋友干杯'那种古早表情包。"

"那她肯定跟我不合。我的审美接受不了这样子的流行。"

算算时间，钟南泽可能都跟对方见过面了，他应该是来揭露谜底，"幸福人生"妹子到底是哪一种。

但很快，他就后悔接通电话了。

钟南泽在打通电话的第一时间，飞快地报出了一串时间地点："下午三点，市中心的 SKG 商场顶楼岸芷汀兰包厢。"

一时没反应过来的秦思维凭本能拒绝："不去。"

冷漠的兄弟情现实让钟南泽收起了讨巧的伎俩，随即转变为温情路线。

"虽然我对这次的相亲不抱什么期待，但是好歹也要尊重一下人家对不对？再加上，我妈挺重视这次相亲的，我要是放人家鸽子，那也不太好，你说对不对？你跟我是从穿尿布就开始培养起来的兄弟情，我要是有困难，你也不会见死不救的对不对？"

三个"对不对"之后，仍然没说到重点。

秦思维很不耐烦地提醒："所以你就把主意打到我头上来了？"

"我这不是没办法嘛。要不然我能让你这个懒鬼在这么热的天里出门？"

"你自己呢？"

"我有个跟其他公司合作的项目出了一点小差错，我得飞过去看一下。"钟南泽语气很无奈。

秦思维深吸一口气："你别让我知道你是在骗我。"

"不会不会。我真有事走不开。"钟南泽见达到目的,一下子膨胀起来,"你就当成是自己的相亲。要是跟人'幸福人生'妹子看对眼了,该脱单就脱单,不用顾虑……"

"大可不必。"秦思维打断对方,干脆利落地挂了电话。

他现在是"将心向明月"的状态,再努力一下下就有望脱单,哪用得着钟南泽来提供帮助。

骂了钟南泽千万遍,秦思维烦躁地按照他发来的地址,抵达SKG商场。

念着最后一丁点兄弟情,秦思维给自己的定位是前哨,如果"幸福人生"妹子是钟南泽喜欢的类型,他就帮钟南泽解释一下今天的爽约行为,再替他另约见面时间。

秦思维来到商场顶楼,由服务生带领,来到"岸芷汀兰"的包厢门外。

他调整好脸上的表情,出于工具人的自觉,在"幸福人生"面前还是保持面无表情比较好。

打开门,他还没看清楚里面的人,一道熟悉得不能再熟悉的声音率先响起。

"老板?!"

闻言,秦思维像是踩在了一个火药桶上,整个人都想要爆炸。

喻可欣！来相亲？！

还跟他的兄弟相亲？！

"怎么是你？"

"怎么是你？"

双方都太过惊讶，以至于问出了相同的话。

只是，秦思维的声音，听上去明显多了一点恼怒。

而喻可欣，莫名心虚，相亲相到了老板，还是自己喜欢的人。

"我……"

"我……"

两人同时都闭了嘴。

"你怎么在这里？你来相亲？你不是还没领到毕业证吗，就开始相亲了？"秦思维率先抢到发言机会，震惊与背叛的微妙心情全都转化为让人喘不过气的质问。

他恼恨之前的温水煮青蛙，以为自己一直大局在握，可现实是这些笃定都是他自己的一厢情愿，所以他现在心头涌起的背叛也都变成毫无道理。

喻可欣被这个语气激得皱眉，她口气随之变得很冲："你吃炸药了吗？为什么是你来？"

秦思维抿紧唇，不想任由暴怒的情绪掌控住他。

他三两步坐在了喻可欣的对面，拿出手机，翻找微信的联系人。

微信好友如果换了头像，在聊天页面里可能会延迟更新，有时候得等到你点进去他的个人页面，才会刷新。

所以秦思维直接在联系人里面找到喻可欣的微信号，点开个人信息页面。她的头像仍旧是可达鸭。

他想到一种可能，抬头希冀地问喻可欣："你也是帮朋友来相亲的？"

"也？"喻可欣反问，语气中还有点高兴，"老板，你来替朋友相亲？"

"对，我是。"秦思维理直气壮，"你不要转移话题，我问你呢。"

喻可欣摇头："不是啊。我妈朋友攒的相亲局。"

"所以，你是'幸福人生'？你现在把微信头像又改回来了？"

喻可欣还是摇头："微信小号而已。我又不想相亲，怎么会愿意把自己的微信推给不认识的人。"

她说得无心，但透出来的意思成功地安抚了秦思维想要火烧钟南泽的冲动。

秦思维满意了，心情霎时平静。

"本来是我朋友，但他不想来，就想放鸽子。我知道后，劝他好歹来说一声不然显得没礼貌。结果他死活不来，让我过来帮他说清楚。"他怎么往脸上添金就怎么说，"我很无奈，原本帮他准备好一套说辞，委婉地说明情况的。"

喻可欣说："那我明白意思你朋友意思了，正好合我心意。那我们就相亲失败，各回各家。"

她站起身，拿起包准备离开。

"不是。"秦思维拉住她的手腕，"天这么热都出来了，不多待一会儿，对得起这一番折腾吗？"

而后，秦思维手指在喻可欣的手背上摩挲了一下，他的这个动作不带任何暧昧，反而有种科学探究的意思。

他拧着眉："你的手怎么这么冰？"

喻可欣站直，居高临下地看着坐在椅子上的秦思维："因为这家店冷气开太大了。"

郭月染挽着秦立海的手臂，慢悠悠地晃荡在商场中。偶尔看到喜欢的东西，她就拉着秦立海的手进去让他给点参考意见。

她很喜欢两个人这样子悠闲地待在一起，不用刻意做什么，相互陪伴就好。

"立海，怎么了？"

身边的人顿住脚步，郭月染往前走的步伐也随之停下来，她回头问秦立海。

而秦立海却指着隔着商场中庭另一边的三楼，问她："那个是小维吧？他旁边还有一个女孩子。"

她跟秦立海之间最大的第三者应该就是秦思维了吧。

郭月染深深地佩服，秦立海这个哥哥当得很到位，就差没在身上安装一个弟弟的信号接收器了。

但自己喜欢的人，她能怎么办？只好接受他的弟控属性了。

她眯着眼，仔细辨认，给出了一个模棱两可的答案："好像是。女孩子是上次来做客的喻可欣？"

秦立海还想更实锤一点。他灵机一现，打开手机自带的相机APP，放大了二十倍，拉近距离的效果堪比望远镜。

认出秦思维是跟喻可欣一起出来约会，秦立海心中涌出一种老父亲般的安慰。

他固定好镜头，拍了一张照片发给罗邓丽，并且看似客观地阐述了照片的事实："你儿子，与喻可欣。"

不出三分钟，罗邓丽就回了一条消息："我是不是可以准备当奶奶了？"

秦立海：？？？

你还不如指望我来得更快一点。

暮色逐渐笼罩大地，直到地面上亮起了星星点点的光亮。白天的热度退却，晚风努力地将月夜的凉意吹到没有归家的人的骨子里。

秦思维将喻可欣送到离她家最近的路灯下，再走几步就到喻家门口。

从车上下来之后，两人都没有再说什么，似乎不忍心打破这静谧，又似乎是萦绕在他们周身的气氛已经足够了然。

直到喻可欣先停下，挥着手："老板，那周一见。"

"嗯。你回去早点休息。"

"好，晚安。"

"晚安。"

秦思维看喻可欣转身往家的方向走，他也转身走得潇洒。

但每走出一步，脑子里全是与她有关的画面。

第一步，在停车场的初见面，她误导另一个人认为他们是夫妻。

第二步，在公司第一次知道她会是他的助理，她还害他去医院。

第三步，她站在公司大厅，站在所有人中间，开心地看着大家，跟他们一起喊着"沙雕"口号。

第四步，在湿地公园里，她站起来敬他三杯酒，眼睛亮得能吸引所有注意。

第五步，她同样被很多人围着，在大家不知情的起哄声中，惊慌地看着他。

第六步，她坐在包厢中间，等着另一个同样去相亲的人。

第七步……

秦思维停下来，他想问喻可欣，可不可以做他女朋友。

别人七步成诗，秦思维用七步想明白了一件人生大事。他突然折返，快步跑回去，拉住即将要进入家门的喻可欣。

她惊慌的眼睛里倒映着秦思维的身影，而后逐渐平息，紧接着是不安与期待交替出现。

喻可欣的手，揉搓着衣角，皱巴巴的，像此时她毛糙的心。

周围很寂静，风轻轻的，花香也很淡，月亮躲进了云朵中，只有秦思维的喘息声充斥她的耳膜。

秦思维双手扣住喻可欣的肩膀，使两人四目相对，向对方展示眼底最真实的情愫。

他压制住做出决定的那一秒之中，全身都快沸腾的血液，让自己看上去更理智成熟。他缓缓呼出一口气，问："你妈妈知道你今天去相亲，回家会问你相亲结果的对吧？"

喻可欣不知道他这么问的用意在哪里，还是点头。

"那你能跟你妈妈说，你今天相亲很成功，虽然对象换了一个人，但你交到了一个男朋友吗？"

二十岁不到的年纪时，他就已经想过他未来时候告白的契机，会像是现在这样子，一个无人打扰的环境，他会站在喜欢的女孩面前，说出他内心中诚挚的热烈的情感。

但二十四岁，他成熟了，也更内敛了。

他羞于表达真实的感受，却选择另一种方式，让喻可欣知道，他有多喜欢她。

以后岁月，来日方长。

番外

一

喻可欣最近心里有鬼，老是一惊一乍的。

秦思维如往常一样，在经过她位置时用指节敲击她的桌面，示意她跟进办公室有话说。

但喻可欣一蹦三尺高，站稳后还夸张地往后退了好几步，直到后背抵在墙上。动作幅度之大，让大厅里的人都为之侧目。

她意识到反应过于激烈，后知后觉地不好意思起来。

秦思维手握成拳，抵住鼻尖，遮挡住疯狂想要上翘的嘴角。

收获到喻可欣毫无杀伤力的眼刀，他清了清嗓子，用公事公办的口吻通知："喻助理，找你有事，来我办公室。"

"好的，秦总。"

喻可欣回答得杀机毕现。

她今天一定要跟他掰扯清楚，不到半天时间，进进出出在她面前经过不下三十次，是一件特别不正常的事情。

　　慢慢阖上的门阻绝了外面那些探究的视线，喻可欣皮笑肉不笑地问："秦总，请问是有什么事情呢？"

　　"没什么，就是想请这位助理小姐暂时下线，把我的女朋友还给我。"

　　"现在是上班时间，秦总。"

　　"但喻助理，现在你并没有什么事情需要忙。"

　　"好。"喻可欣被说服，给秦思维现场表演什么叫作"翻脸比翻书还快"。

　　她努力睁大眼睛瞪着嬉皮笑脸的秦思维，防止外面可以听到，她特地压低声音，一字一句："秦思维！"

　　"到！"

　　秦思维笑得越来越纵容。

　　他上前一步，环住喻可欣的腰，将她拉得与自己更近。

　　"喂喂喂！你放开我！"喻可欣做贼心虚，"要是有人就这么进来看到了怎么办？"

　　"那我就会对他说，以后请你来参加我们的婚礼。"他顺便抗议，"我倒是乐意大家都知道我们在交往，是你过分小心了。"

　　"那是因为我不想让别人对我的态度发生变化。"喻可欣鼓着嘴，"要是让人知道我在跟你谈恋爱，他们会对我小心翼翼的，我不太想要那样子。而且——"

她轻蔑地瞥过秦思维："秦总说过的，办公室恋情弊大于利。"

万万没想到以前说出去的话跟个回旋镖似的，最后伤到的还是他本人。

但秦思维倔强地辩解："我那时候好像还说了一个前提，不以结婚为目的的办公室恋爱，才是弊大于利。再说，我们算办公室恋爱吗？我们两个人都不在一个办公室。我坐这里，你在那里，一道门关上就是天堑。"

喻可欣没说话，静静地看着秦思维独自挣扎。

"秦歪理"越说越来劲："而且，我是公司老板，一切以我为准。之前我没有办公室恋爱，我就不支持，往后我鼓励大家内部消化。"

喻可欣叹为观止："你可真是道德的沦丧。"

"不。我们现在搞得像是在偷情，才是道德的沦丧。"

喻可欣在秦思维的怀里气得翻白眼，嚣张的模样可爱到让秦思维在她嘴唇上亲了好几下。

"热恋期情侣有谁会像我这样，被女朋友明令禁止不要靠得太近的。"秦思维说得很委屈。

"我说了是上班时间。其他情侣也不会像我们一样工作也在一起啊。"

"那是我们有缘分。有本事他们也可以在一家公司上班。"

越说越被绕进去了，喻可欣双手抵在秦思维胸前，企图让自己脱离他的怀抱。

秦思维从善如流，将人放开。

喻可欣跟他再次强调："我得做个低调的平平无奇的小职员，所以我们低调恋爱，在公司里对我们的关系保密。你也不要不正常地在我面前来来回回几十次，我们彼此像以前一样，除了公事之外，其他上班时间就别有太多联系啦。"

"那要是别人发现了呢？"

"别人不可能发现！"

"万一呢？"

喻可欣代入语境模拟了一下："那就只能认吧。但你不准故意搞出幺蛾子。"

秦思维不接受这种诬陷："你这是看不起谁呢！"

"那我们一言为定！"喻可欣幼稚地伸出小拇指，钩住秦思维的小拇指，"拉钩！"

秦思维嗤笑："幼稚，都多大人了！"

喻可欣运着气，当作没听见，变回助理的身份："秦总，没事的话，我先出去了。"

往外走的时候，正好遇到卢思花来找秦思维。

注意到她走得气势汹汹的步子，卢思花纳闷地看着秦思维："你们两个人闹矛盾？"

秦思维只觉这几天工夫，他纯属是媚眼抛给瞎子看。故意进进出出，每天骚扰喻可欣几十次，居然没有一个人认为他们之间有情况，甚至花花姐还以为他们闹掰了。

陷入苦恼的秦思维很烦躁，语气冷硬地回答："没有。"

卢思花听他这样说，更加不信了。

成功帮助刘明脱单的卢思花非常有底气成为一名爱情导师，她决定点拨一下小老板："秦总，你不要仗着人家小喻对你有好感，你就对她不客气。小喻这么优秀的女孩子，有很多人喜欢的好不好。你要是不喜欢她，趁早跟我说清楚。我到时候给小喻介绍一打小年轻。"

秦思维："……"

他收回以前说过花花姐挺靠谱的这句话。

他忍辱负重："花花姐，我知道了。我一定改。你先回去吧，我好好想想。"

想想怎么才能更好地引导大家发现"秦思维居然跟喻可欣在交往"这件事。

二

这一年的四海广告公司业务繁忙，有些部门在年中的时候就新招了人，公司规模略微扩大了一下。但是，整个精神面貌都不同以往了。

当初懒散的、死气沉沉的公司早就消散在已经过去的那个春天里，在每天的日月更迭中慢慢重组成了现在的样子。

热闹，积极，活泼，轻松。

所以，经过公司上层的讨论，其实是卢思花个人提议，旁听生兼未来老板娘喻可欣的附和与支持，今年的四海广告公司年会主题定为"活力"，并且全民参与，公司里每个人每个部门都要参与年会节目的表演。

在喻可欣的唆使下，落后分子秦思维今年终于答应上台表演节目，附加条件是喻可欣要跟着一起。

"凭什么！"喻可欣不满地抗议，"大家只想看你，又不想看我。"

"可是总经理跟总经理助理是一个部门啊。"

喻可欣每天都能被他的大胆发言给镇住："谁说的？"

"我规定的，以后写在公司的规章制度里。"

胳膊拗不过大腿，喻可欣最后还是跟秦思维组成了一对双人搭档。

与此同时，秦思维的受难日也随之而来。

"你这个动作好僵硬啊。"

"你也差不多，我们是不是可以重新取名字，叫僵尸舞？"

"秦思维，要有力量！不要划水！"

"我都快跳得喘不过气了。"

以上来自跳舞二人组的日常对话。

今年电视上的综艺节目话题度依旧喜人，而在这之中，一档女团选秀节目在一众 PK 成团的模式里脱颖而出。节目最新公布的主题舞经常出现在社交平台的首页上，因为节奏洗脑，舞蹈动作简单，网上开始出现很多翻跳的视频，传播得越来越广。

喻可欣是这个综艺的忠实观众，确定跟秦思维搭档之后，第一时间想到这支正在流行并且很接地气的舞蹈，强烈建议他们年会跳这个舞，秦思维反对无效。

于是，两个舞蹈零基础的人请了一个舞蹈教练，每天一起抠细节。

平时只要没事的时候，喻可欣就溜到秦思维的办公室，对着屏幕里慢动作分解视频一起练习。

经过两周的每天两个多小时的练习，他们从僵硬变得连贯协调，动作整齐划一，节奏踩点，甚至最后在年会舞台上表演，底下观众还出现了一波小高潮。

卢思花被选为主发言人，在台上总结今年公司的新变化，顺便老调常谈地展望一下未来。秦思维坐在台下，听着听着就开小差，他在桌子下握住身边喻可欣的手。

所有人都在成长，都在走向属于他自己的方向。

而在她的鞭策下，现在的秦思维是一条有理想有追求的咸鱼了。

三

喻可欣曾经以为婚姻离她很遥远，起码是五年后的事情，但谁又能想到，有了男朋友，人生大事这条线像是被人摁了快进键。

年会结束那天，暮色四合，秦思维送喻可欣回家。

天气有些冷，要不是车内的空调，说话都是冒着白烟儿的。到了家门外，喻可欣让秦思维别下车，她小跑几步回家就好了。

也许是年会上延续的感性，秦思维突然开口："我仔细思考了一下今年对我的意义——我变得上进了，认认真真开始搞事业了，四海没有倒闭，也间接地算是挽救了大家的工作……看着像做了很多能够自我满足的事情。"

车内昏黄的灯光，他想起洗心革面重新做人之后，身边人对他的夸奖，眼底沁出柔情。

"可是，这些变化全都是因为你来了。"

秦思维突然一改深情模式："我应该再给花花姐发个红包，多亏她弄了一个总经理助理的职位。"

煽情不过三秒钟，喻可欣不满地捶了一下他的手臂。

"喂！我还在听你的深刻剖析呢！"

"谢谢你。"秦思维伸手在她的脑袋上轻轻地揉搓了一下，"带领我往更好的方向前进。"

车内声音归于寂静，两人对视的距离逐渐缩短，喻可欣闭上眼睛，下一秒，嘴唇上多了温热的触感。

她的肩膀被结实有力的臂膀环住，怀抱正在慢慢缩紧……

然而，车前挡风玻璃上发出蓄意被敲击的声音，并且一直持续。

秦思维松开喻可欣，很是恼怒地看是谁这么不要脸地打扰别人亲热。

结果，喻可欣的一句话将他惊得愣在这个一月末的冷空气中。

她说："爸?！"

跟女朋友吻别被女朋友的爸爸抓到，是什么样的感觉?

秦思维：别问，问就是大写的尴尬，脚趾蜷缩恨不得原地抓住一套三室一厅来。

好在喻可欣之前相亲回去之后就跟家里报备过交了男朋友的事情，以至于喻爸爸很不待见秦思维，但也接受了他的出现。

后来的事情……

两家第一次碰面，罗女士与喻妈妈一见如故，当场被吸纳加入"珠光宝气富婆局"的小群。她们决定按照习俗先给秦思维和喻可欣举办一场订婚宴，两人就订婚宴上的细节商量得热火朝天。而秦父与喻爸爸当惯了甩手掌柜，两人一边喝茶一边聊些生意经。

喻可欣低着头，心里空空落落，无意识地摆弄桌上的筷托。她的手被秦思维的手掌包裹住，紧接着，他的声音在耳边低沉地响起："怎么了？"

"有些不确定以后会怎么样。"喻可欣像是一朵蔫嗒嗒的小太阳花，"好像是要进入一个新阶段。我以前小学毕业要去初中报到的前一晚，就睡不着觉。"

"那是你心理素质不太行。"

喻可欣不快地拍了他一下。

"你想想，以后会跟我一起生活……"

喻可欣以牙还牙："那我得坚持自我，不能近墨者黑。"

"你这么说就过分啦，喻可欣。"

"谁让你先 diss 我的。"

"我不跟你计较。"

喻可欣正想挺直腰板，好好争论一下谁大度的问题。

秦思维忽然亲了她一下："一亲泯恩仇，我们家以后第一条约定就这个。"

"我不同意。"

"我是老板我说了算。"

"老板大，还是老板娘大？"

这道送分题，秦思维回答得超开心："老板娘大。"

"好，那老板娘宣布，你说得对。"

秦思维注视着已经没有了惶惑不安的喻可欣，心里暗暗松了口气。

他其实也害怕，怕以后不能照顾好她，怕不小心会伤害到她。

但，他想，如果把她放在心上，至少他能随时洞察她的小情绪，帮她排忧解难，逗她开心应该会是简单的吧。